JN140250

名作クリスマス童話集

かけがえのない贈りもの

Gift

小松原宏子・文
矢島あづさ・絵

Forest Books

目次

本文イラスト
カバー・中扉（切り絵）
＝矢島あづさ

星《ほし》の銀《きん》貨《か》

グリム兄弟 原作

むかしあるところに、ちいさな女の子がいた。

おとうさんもおかあさんもずっと前に死んでしまい、その子にはもう住む家も寝《ね》るベッドもない。

とうとう、いま着ている服と、手にもっているひときれのパンしかなくなってしまった。そのパンも、通りがかったなさけぶかい人がくれたものだった。

女の子は、だれもたよる人がいなくなったので、神さまだけをたよりに、野原に出て行った。

すると、貧《まず》しいすがたをした男の人に会った。男の人は、

「お願《ねが》いだ。なにか食べるものをくれないか。ずっとおなかがぺこぺこで、もう死にそうなんだ」

といった。

女の子は、たったひときれだけ持っていたパンを、そのままそっくりあげてしまった。そして、男の人に、

「神さまのみめぐみがありますように！」

といって、またずんずん先へと歩いて行った。

するとこんどは、ひとりの子どもがやってきた。子どもは、

「あたまが寒くてしかたない。なにかかぶるものをくれない？」といった。

そこで女の子は、自分のぼうしをぬいで、その子どもにかぶせてやった。

しばらく歩いて行くと、またひとり、ちがう子どもがやってきた。

その子は、チョッキがなくてふるえていた。そこで、女の子はチョッキをぬいで、その子どもに着せてやった。

また先を歩いて行くと、またべつの子どもに会った。

その子どもが女の子のはいているスカートをほしがったので、女の子はそれもぬいで、その子どもにはかせてやった。

やがて、女の子は森に着いた。あたりはもうすっかりくらくなっていた。

そのとき、またちがう子どもがやってきた。

そして、女の子が着ているシャツをほしがった。

女の子は考えた。

「どうせ、くらい夜だから、シャツがなくてもだいじょうぶ。なにも着ていなくても、だれにも見られやしないわ」

そこで女の子は、シャツもぬいで、その子どもに着せてやった。

こうして、女の子がなにも着ないで立っていると、空から星が降《ふ》ってきた。

星はつぎつぎに落ちてきて、どれもぴかぴか光る銀貨《ぎんか》になった。

女の子は、いつのまにかまたシャツを着ていた。それも、上等な麻《あさ》でできたシャツだった。

女の子は、星の銀貨《ぎんか》をひろいあつめて、そのシャツのなかにいれた。

そして、一生お金持ちのまま暮《く》らしたのだった。

フランダースの犬《いぬ》

ウィーダ 原作

ネロとパトラッシュは、まるで世界中から置《お》き去りにされてしまったかのようだった。

ネロはアルデンヌ生まれの男の子で、パトラッシュはフランダース生まれの大きな犬。でも、ふたり、いや、ひとりと一匹《いっぴき》は、まるで兄弟のような愛情《あいじょう》でむすばれていた。

この世に生まれてからの年月は同じくらいだったけれど、ネロがまだおさないのにくらべ、パトラッシュはすでに年寄《としよ》りだった。それでもふたりはほとんどの時間をともにすごしていた。ふたりとも親がなく、貧《まず》しいジェハン・ダース老人《ろうじん》のもとで暮《く》らしていた。

ジェハン老人《ろうじん》の家は、家というよりは小さな小屋で、アントワープの町から三マイルほど行った、フランダースの、とある小さな村のはずれたところにあった。

そのまわりは牧場《まきば》と麦畑が一面に広がり、そのなかを横切って走る大きな運河《うんが》の岸辺《きしべ》には、ポプラやハンノキがそよ風にゆれていた。

村のまんなかには大きな赤い風車が立っていた。その風車と向かいあわせの場所にある教会では、朝、昼、晩《ばん》の三回、ものがなしい音の鐘《かね》が鳴る。

ふたりの暮《く》らす家はみすぼらしくても、その前には青い海のような草原が広がり、見わたすかぎり小麦畑も見えている。そのさらにむこうには、アントワープの大聖堂《だいせいどう》の塔《とう》がそびえていた。

老人《ろうじん》は、もとは兵士《へいし》であって、この国がさんざんな目にあったのを目の当たりにしていた。ジェハンは勇敢《ゆうかん》な兵士《へいし》だったけれど、戦争《せんそう》がおわったあと、のこったのは、ひきずらなければ歩けないほどひどいけがをした足だけだった。

ジェハン老人《ろうじん》が八十歳《さい》のとき、娘《むすめ》が亡《な》くなり、その子どもの、二歳《さい》のネロがのこされた。自分の暮《く》らしもままならないというのに、老人《ろうじん》は不平《ふへい》もいわずにこのおさない孫《まご》を引き受けた。

ところが、この子どもはあっというまに、老人《ろうじん》にとって、なくてはならない存在《そんざい》になった。小さなネロは、すくすく育ち、ジェハン老人《ろうじん》のあばらやで、平和に、しあわせな毎日を送っていた。

パトラッシュは、ジェハン老人《ろうじん》とネロの飼《か》い犬だ。

パトラッシュの一族は、何代にもわたってフランダースで苦しい仕事をしていた。フランダースの犬は黄色い毛をしていて、頭と足が大きく、筋肉《きんにく》が発達《はったつ》している。この種《しゅ》の犬は、人間の奴隷《どれい》としてしかあつかわれず、車の梶棒《かじぼう》にゆわえつけられ、一生涯《いっしょうがい》重い荷車を引かされたあげくに路上で息絶《いきた》えるのが常《つね》だった。

パトラッシュも生まれて十三か月にもならないうちに、ある金物商人に売りとばされたのだが、この男は酒呑《さけの》みのうえ、このうえなく残酷《ざんこく》な人間だった。

幸《こう》か不幸《ふこう》か、パトラッシュはがんじょうだった。そのため、なぐられてもけられても、重たい金物や焼《や》き物《もの》を山ほど積《つ》んだ荷車を引かされ、へとへとに疲《つか》れ果《は》てても、死ぬことはなく、ぎりぎりの状態《じょうたい》で耐《た》えていた。

つらく苦しい二年間ののち、あるときパトラッシュはいつものように荷車を引きながら、有名な画家ルーベンスの住んでいた町アントワープに向かって、真夏のやけつくような街道《かいどう》を歩いていた。二十四時間飲まず食わずで働《はたら》かされ、むちで打たれたパトラッシュは、ついに生まれてはじめてよろめき、口から泡《あわ》をふいてたおれてしまった。

ほこりと暑さで真っ白になった街道《かいどう》のまんなかで動けなくなったパトラッシュを、金物屋はこん棒《ぼう》で打ちすえ、けとばし、口汚《くちぎたな》くののしった。

しばらくして、いくらその浮《う》き出たあばら骨《ぼね》をなぐりつけたところでパトラッシュが動かないとわかると、この残酷《ざんこく》な主人は飼《か》い犬が死んでしまったと思い、そのからだを近くの草むらにけとばし、自分で荷車を押《お》して立ち去ってしまった。

その日は祭りのさいごの日で、街道《かいどう》にはたくさん人が行き来していたにもかかわらず、溝《みぞ》に半分からだをしずめたまま横たわっている死にかけた犬に目をくれるものはいなかった。たったひとり、立ち止まり、わざわざ道からそれて犬のようすを見に行ったジェハン老人《ろうじん》以外《いがい》は。

ジェハン老人《ろうじん》とおさない孫息子《まご》のネロは、その日たいへんな苦労《くろう》をして、病犬を原っぱのまんなかの自分たちの小屋まで引きずっていった。

それから心をこめて世話をしたので、何週間も生死の境《さかい》をさまよったすえ、パトラッシュは立ち上がり、やせてはいるが力強い大きな犬としてよみがえった。

さて、ジェハン・ダース老人《ろうじん》は、足をひきずりながらも、近所の人々の牛乳《ぎゅうにゅう》をあずかり、アントワープの町に売りに行くことでなんとかその日暮《ぐ》らしの生計を立てていた。

村人たちがこの老人《ろうじん》に牛乳《ぎゅうにゅう》をあずけるのは、半分は同情《どうじょう》のためであり、半分はこの正直者の老人《ろうじん》に荷を運ばせて自分たちが楽をしたいからだった。

しかし、ジェハン老人《ろうじん》の小屋からアントワープの町までは四マイル（約六・五キロ）以上《いじょう》もあり、老人《ろうじん》はすでに八十三だった。この仕事は日に日につらいものになっていた。

ある朝、老人《ろうじん》が荷車のところに行こうとすると、それよりはやく、パトラッシュが引き手のなかにはいりこみ、世話をしてもらいパンを食べさせてもらったお礼をしたいのだと身ぶりで示《しめ》した。

はじめ、ジェハン老人《ろうじん》は、いたいけなやせ犬にそんなことはさせられないよ、とパトラッシュの申し出を受けようとしなかった。が、誠実《せいじつ》なこの犬は、自分が引き具をつけてもらえないとわかると、歯で引《ひ》き柄《え》をくわえて引っぱろうとした。ついに老人《ろうじん》は根負けして、荷車をパトラッシュが引けるように作り直してやった。

やがて冬がめぐってくると、ジェハン老人《ろうじん》は、あの真夏の昼下がりに死にかけた犬と出会ったことを神に感謝《かんしゃ》するようになった。この強靭《きょうじん》な犬がいなかったら、年とった自分がどうやって雪でぬかるんだ道を、重い牛乳缶《ぎゅうにゅうかん》を運んでいけたかわからなかったからだ。

パトラッシュにとっては、どんなに荷車が重かろうと、それは天国のような生活だった。むちで打たれることも、休みなく働《はたら》かされることも、一日の労働《ろうどう》をねぎらうかわりに口汚《くちぎたな》くののしられることもなくなったからだ。

それどころか、アントワープの町まで一往復《おうふく》する以外《いがい》は、なにをしても自由だし、老人《ろうじん》からは大事にされ、男の子からはかわいがられ、このうえなくしあわせな毎日だった。

やがて、ジェハン老人《ろうじん》は持病のリューマチがひどくなり、ついに町まで歩いて行くことができなくなった。そこで、いまや六歳《さい》になったネロが、パトラッシュとともにアントワープまで牛乳《ぎゅうにゅう》を売りに行くことになった。

ネロはうつくしい子どもだった。やさしい黒い瞳《ひとみ》、バラ色のほお、小さい顔をつつむように波打っている豊《ゆた》かな金髪《きんぱつ》――この子が木靴《きぐつ》をはいて、やせた大きな犬といっしょに真鍮《しんちゅう》の牛乳缶《ぎゅうにゅうかん》を積《つ》んだ緑色の荷車を運んで歩くすがたを多くの画家が愛《あい》し、スケッチした。

ふたりがあまりにたのしそうに仕事をしてくれるので、ジェハン老人《ろうじん》は春になって体調がよくなっても、もう荷車は引かず、日当たりのいい戸口でふたりを見送り、うたたねをし、三時になるとまた目をさまして、少年と犬がもどってくるのを待つようになった。

こうしておだやかな月日が流れていった。

暮《く》らしはけっして楽ではなく、その

日に食べるものがなくひもじいまま眠《ねむ》りにつくこともあれば、冬はすきま風のはいる小屋で寒さにふるえながら夜明けを待つこともある。それでも、強い愛情《あいじょう》で結ばれたネロとおじいさんと一匹は、この毎日をほかのものと取《と》り替《か》えたいと思ったことはなかった。

パトラッシュにとって、ひとつだけうれしくないことは、ネロがときどきアントワープの教会の大聖堂《だいせいどう》にはいって行っては、なかなか出てこないことだった。

そんなとき、外の道にひとり取《と》りのこされたパトラッシュは、いったいどうしてネロが自分を置《お》いていってしまうのかわからず、ただただひたすらさびしく悲しい思いで少年が出てくるのを待ちわびた。

ようやく大聖堂《だいせいどう》から出てくると、ネロはいつも興奮《こうふん》したようすで、パトラッシュの首をかきいだき、「あれが見られたらなあ！」「あれを見られさえしたらなあ！」とくりかえすのだった。

ある日、大聖堂《だいせいどう》のとびらが少し開いていたとき、ネロを追ってはいって行ったたパトラッシュは、ついに「あれ」がなんなのかを知った。

それは、白い布《ぬの》でおおわれた大きな二枚《まい》の絵画だった。「十字架《じゅうじか》にのぼるキリスト」「十字架《じゅうじか》をおりるキリスト」。フランダースが生んだ偉大《いだい》な芸術家《げいじゅつか》ルーベンスの描《か》いた名画だが、お金を払《はら》わなければ見ることができない。しかし、この絵の観覧料《かんらんりょう》の銀貨《ぎんか》一枚《まい》すら、ネロは一生かかってもためることはできなさそうだった。

「こんなに近くにあるのにあれが見られないなんてね。描《か》いた人は貧《まず》しい者には見せたくないなんて、これっぽっちも思っていなかっただろうに。それどころか、きっと毎日でも見せてくれたと思うよ。

それなのに、あんなくらいところにおおいをかけられたままで、どこかの金持ちがお金を持ってやってくるまでだれの目にもふれないんだ。

ああ、あれが見られさえしたら、ぼくは死んでもいいとさえ思っているのに！」

少年ネロの、身をこがすほどの芸術《げいじゅつ》へのあこがれは、おそらくだれにも知られてはいなかった。

まだ日ものぼらぬうちに、おいぼれた犬とともに古びた荷車を引き、町で牛乳《ぎゅうにゅう》を売り歩くこの子どもが、だれよりもルーベンスを敬愛《けいあい》し、絵画への情熱《じょうねつ》を燃《も》やしていることなど、だれにも想像《そうぞう》がつかなかったにちがいない。かたときもそばをはなれたことのないパトラッシュ以外《いがい》は。

この老犬《ろうけん》は、ネロがチョークでありとあらゆる動物や植物を石の上に描《えが》くのを見ていた。また、干《ほ》し草《くさ》の小さなねどこで眠《ねむ》りにつく前に、いつか偉大《いだい》な画家になりたいと願《ねが》うのをきいてもいた。そして、日々の暮《く》らしに追われ、たったひとつの願《ねが》いもかなわないであろう少年の涙《なみだ》を受け止めたことも一度や二度ではなかった。

ジェハン老人《ろうじん》のほうは、それよりももっと現実的《げんじつてき》な将来《しょうらい》を切望《せつぼう》していた。

「おまえがおとなになったとき、せめてこの小屋とこの土地を自分のものにして、働《はたら》いた分の稼《かせ》ぎが自分のものになる身になっているとわかれば、わしも安心して神さまのもとに行かれるのだがなあ」

老人《ろうじん》は、ねどこのなかで同じことばをしじゅうくりかえしていた。フランダースの農夫《のうふ》にとっては、どんなにわずかでも自分の土地を持つことこそが最高《さいこう》のほまれだったのだ。

けれども、ルーベンス、ヨルダーンス、ファン・アイク兄弟といったすぐれた画家を産《う》んだこのアルデンヌ地方に宿る力は、ネロ少年のもとにも確実《かくじつ》に届《とど》いていた。燃《も》えるような夕空に、あるいは灰色《はいいろ》の明け方の空に、そびえたつ教会の尖《せん》塔《とう》は、ネロに小作農家になるのとは違《ちが》う夢《ゆめ》を語りかけていた。

ネロはその夢《ゆめ》のことをジェハン老人《ろうじん》にはなすことはなかった。

けれども、パトラッシュとならんで夜明けの霧《きり》のなかで荷車を引いているときや、灯心草《とうしんそう》のそよぐ川辺《かわべ》にふたりで寝《ね》ころんでいるときには、老犬《ろうけん》の耳もとで子どもらしい壮大《そうだい》な夢《ゆめ》のはなしをくりひろげるのだった。

パトラッシュのほかに、もうひとりだけ、ネロがこのむこうみずな夢《ゆめ》を語ってきかせる相手がいた。

それは、丘《おか》の上の赤い風車のある家に住むアロアという少女だった。

アロアは、かわいらしい、まだおさない子どもで、しょっちゅうネロやパトラッシュとすごしていた。ネロといっしょに野原であそんだり、雪のなかをかけまわったり、ひなぎくの花をつんだり、古い灰色《はいいろ》の教会堂《きょうかいどう》に行くのが好《す》きだった。

そして、アロアの家の、赤々と薪《まき》が燃《も》えるあたたかい暖炉《だんろ》の前にふたりですわることもたびたびあった。

アロアの父親のコゼツ氏《し》は裕福《ゆうふく》な粉屋《こなや》で、二十軒《けん》ほどしかないこの小さな村では絶大《ぜつだい》な権力《けんりょく》を誇《ほこ》っていた。アロアはそのひとり娘《むすめ》で、なに不自由《ふじゆう》ない暮《く》らしをしていた。

村の人々は、まだ十二歳《さい》にしかならないアロアのことを、うちの嫁《よめ》にできたらどんなにいいだろうとはなし合っていた。けれども、アロア自身は素朴《そぼく》で純真《じゅんしん》な娘《むすめ》で、自分が相続《そうぞく》する財産《ざいさん》のことなど考えたこともなく、あそび友だちといえば、

だれよりも貧《まず》しいジェハン・ダース老人《ろうじん》の孫《まご》息子とその犬なのだった。

アロアの父親のコゼツ氏《し》は、悪人ではないが、頭のかたい人物だった。

ある日、粉《こな》ひき場のうしろの細長い牧場《まきば》のそばを通りかかったとき、ふと、かわいらしい子どもたちのすがたが目にはいった。干《ほ》し草《くさ》のなかにすわっているのはわが娘《むすめ》アロアであり、ひざにパトラッシュの大きな黄色い頭を乗せ、どちらもひなぎくの花輪《はなわ》を首にかけている。そして、そのすがたをネロが松《まつ》をけずった板のうえに木炭のかけらでスケッチしていた。

コゼツ氏《し》は、しばらく涙《なみだ》を浮《う》かべんばかりに感動してその風景《ふうけい》を見つめていた。ところが、ふとわれにかえると、あらあらしく子どもたちのそばに近寄《ちかよ》り、どなりつけた。

「かあさんの手伝《てつだ》いをしなけりゃいけないときに、おまえはなんだってこんなところでなまけているんだ！」

コゼツ氏《し》は、おびえて泣《な》き出したアロアを追い立てて家に帰らせると、こんどはネロのほうに向きなおり、その手から木の板をひったくった。

「こんなことを、いつもやっているのか」

ネロはさっと顔を赤くしてうつむいた。

「ぼくは……描《か》きたいと思ったらどんなものでも描《か》くんです」

粉屋《こなや》のだんなはしばらく黙《だま》って考えていたが、やがて一フランを取り出してネロのほうにさしだした。

「ふん、こんなことはくだらんことだし、時間のむだだ。しかし、そうはいっても、これはアロアにそっくりだから……あれの母親がよろこぶだろう。この銀《ぎん》貨《か》を代金にとって、この絵はここに置《お》いていけ」

ネロは顔から血の気が引き、手をうしろにまわしていった。

「コゼツのだんなさま、お金も絵もとっておいてください。きょうまでずっと親切にしていただいたお礼です」

そういうと、ネロはパトラッシュを呼《よ》び、牧場《まきば》をつっきって走り去って行った。

「ああ、あの銀貨《ぎんか》であれを見られたんだがな。でも、どうしてもアロアの絵を売り物にすることはできなかったんだ。たとえあれのためでもね……」

家に帰りながら、ネロは心のうちをパトラッシュに打ち明けた。

いっぽう、コゼツ氏《し》は、心をなやませながら仕事のために製粉場《せいふんじょう》に向かって行った。

その晩《ばん》、コゼツ氏《し》は妻《つま》にいいきかせた。

「あのネロという男の子をアロアに近づけるな。この先まちがいがあってはいけないからな。あの子はもう十五だし、うちのアロアも十二だ。それに、あの男の子はなかなか器量《きりょう》がいいからな」

「それに、ネロは気立てもいい子ですよ」

コゼツ夫人《ふじん》は、松《まつ》の木に描《えが》かれた娘《むすめ》のすがたをほれぼれと見つめながらいった。

「まあな。それはわたしもちがうとはいわんよ」

コゼツ氏《し》は、細口の酒瓶《さかびん》を飲み干《ほ》しながらいった。

夫人は、ためらいつつも、

「それなら、あのふたりが将来夫婦《しょうらいふうふ》になったからといって、心配することはないではありませんか。アロアの持っているものでふたりはじゅうぶん暮《く》らしていかれますし、なんといっても、しあわせなのがいちばんなんですから」といった。

すると、コゼツ氏《し》はパイプをテーブルに打ちつけてどなった。

「だから女はばかなんだ。あの若いのは物乞《ものご》いも同然《どうぜん》なんだぞ。おまけに、どうせ絵描《えか》きになりたいなどといいだすにちがいない。絵描《えか》きなんて物乞《ものご》いよりもたちが悪い。今後はぜったいにうちの娘《むすめ》に近づけるな。さもないとアロアは修道院《しゅうどういん》行きだ」

かわいそうな母親はふるえあがり、いいつけどおりにすると約束《やくそく》した。

そうはいっても、母親は娘《むすめ》を大好《だいす》きなあそび友だちから引き離《はな》すつもりはなかったし、粉屋《こなや》のほうも、貧《まず》しいこと以外《いがい》になんの罪《つみ》もない少年にそこまで残酷《ざんこく》な仕打ちをしようと思っていたわけではない。

けれども、あの手この手でネロを娘《むすめ》に近づけないようにしようとする態度《たいど》を、ネロのほうでは敏感《びんかん》にさとった。

そして、ネロも感じやすく誇《ほこ》り高い少年だったので、たちまち心を傷《きず》つけられ、いままではひんぱんに出入りしていた風車小屋にも、いっさい足を向けなくなった。パトラッシュも行かせないようにし、いったいなにが粉屋《こなや》の逆鱗《げきりん》にふれたのかと考えていた。

いままで赤い風車の家は、ネロにとってもパトラッシュにとっても、よろこびの象徴《しょうちょう》だった。ふたりは町に牛乳《ぎゅうにゅう》を売りに行った帰りには、かならずアロアの家の前で立ち止まったものだった。そして家のひとたちとたのしくあいさつをかわし、アロアはバラ色の手にパンや骨《ほね》を持って、パトラッシュにさしだしてくれたものだった。

けれどもいまでは、パトラッシュがどんなになつかしそうにその家を見上げてもネロが歩みを止めることはない。閉《と》ざされたとびらの内側では、アロアが編《あ》み物《もの》の上にぽたぽたと涙《なみだ》を落としながら、暖炉《だんろ》の前のいすにひとりですわっていた。コゼツ氏《し》はといえば、粉袋《こなぶくろ》や製粉機《せいふんき》を相手に働《はたら》きながら、ますます心をかたくしていた。

「こうするのがいちばんいいんだ。あの若《わか》いのは物乞《ものご》いも同然《どうぜん》のうえに、ばかげた妄想《もうそう》でいっぱいになっているんだからな。あんなのが家にはいりこんだら、ろくなことにはならん。アロアのためにもこれがいちばんいいことなんだ」

こうして、若《わか》いふたりは同じ村にいながら、あそぶこともはなすこともできなくなった。けれども、そのあいだも、松《まつ》の板に描《えが》かれたアロアの肖像《しょうぞう》画《が》は、ネロの手もとにもどることなく、風車のある家の暖炉《だんろ》の上に飾《かざ》られていた。

ある日、ネロがひとりで小麦畑にいるところを、通りかかったアロアが見つけ、かけ寄《よ》ってきた。

アロアはネロを抱《だ》きしめ、悲しくてたまらないというようにすすり泣《な》いた。

「明日、わたしの聖徒祭《せいとさい》〔聖人を記念するためのカトリック教会の祝日。秋に行われる〕のパーティーがあるのに、うちの両親はあなたを呼《よ》ばないっていうの。いままで毎年あなたを招《まね》いていたのに。そんなパーティー、わたしはしたくない！」

ネロはくちびるをかたく結《むす》ぶと、アロアの頬《ほお》にキスしていった。

「泣《な》かないで。いつかなにもかもが変《か》わることになるよ。きみの家の暖炉《だんろ》の上にあるあの松《まつ》の板に描《えが》いたきみの絵が、板の重さ分の銀に変《か》わる日がきっと来る。そうなったら、きみのおとうさんも、きっとぼくを締《し》め出したりはしないだろう。その日が来るまで、ぼくを愛《あい》してくれるかい？　そうしたら、ぼくは偉《えら》い画家になってみせるから」

そういわれて、子どもとはいえ、はやくも女らしい恋心《こいごころ》が芽生《めば》えていたアロアは、ネロの気を引きたくてすねてみせた。

「じゃあ、わたしがあなたを愛《あい》さなかったら?」

アロアはあまえるようにネロの胸《むね》に頭をもたせかけたが、ネロの目はアロアの顔からはなれ、赤や黄金色に燃《も》えるフランダースの夕空に、教会の尖塔《せんとう》がそびえたつあたりへとさまよっていた。

「それでも、ぼく、きっと画家になるよ」

ネロはささやくようにいった。

「偉大《いだい》な画家になるか……さもなければ死ぬんだ」

その顔には、やさしい、それでいて悲しげなほほえみが浮《う》かんでいて、アロアは思わず近寄《ちかよ》りがたいものを感じ、その胸《むね》を押《お》し返した。

「あなたは、あたしのことなんか気にかけちゃいないんだわ」

ネロは、わがままな子どもをあやすようにアロアの髪《かみ》をなで、それから少女に背《せ》を向けて、金色にかがやく麦の穂《ほ》のあいだを歩きはじめた。

アロアの聖徒祭《せいとさい》当日になった。村じゅうのほかの子どもたちがアロアの家であそんだり、お菓子《かし》を食べたり、音楽に合わせて踊《おど》ったりしているあいだも、ネロはくらい小屋でひっそりと黒パンのかけらをかじっていた。

その晩《ばん》、ジェハン老人《ろうじん》は、ねどこのなかからネロにきいた。

「きょうはアロアの聖徒祭《せいとさい》じゃなかったかね？」

ネロは黙《だま》ってうなずいたが、心のなかでは、老人《ろうじん》の記憶力《きおくりょく》がこんなに確《たし》かでなかったらよかったのに、と思っていた。

「それなら、どうして行かなかったのかい？　いままで、行かないことなんかなかったじゃないか。アロアとけんかでもしたのかい？」

ネロはうつくしい顔をくもらせてつぶやいた。

「コゼツのだんなが、今年はぼくを呼《よ》んでくれなかっただけなんだ。だんなはなにかぼくに気にいらないことがあるらしくて」

「でも、おまえはなにも悪いことをしていないのだろう?」

「してないよ。ただ、松《まつ》の木の板にアロアの絵を描《か》いただけなんだ」

「そうか」

老人《ろうじん》はだまってしまった。少年のことばで、なにもかもを理解《りかい》したのだ。

老人《ろうじん》はいとおしそうに、ネロの金髪《きんぱつ》の頭を引き寄《よ》せた。

「かわいそうに」

おじいさんは、老《お》いてただでさえふるえている声をいっそうふるわせていった。

「さぞつらかろう。こんなに貧乏《びんぼう》で……」

「ううん。そんなことないよ。ぼくはちゃんと財産《ざいさん》を持っているもの」

そういったネロは、ほんとうに無邪気《むじゃき》にそう思っていた。自分のなかにある見えない力、そして将来《しょうらい》の夢《ゆめ》を本気で信《しん》じていたのだった。そして、あかりを消し、パトラッシュとともに、干《ほ》し草《くさ》のふとんにもぐりこんだ。

時おり、夜風が赤い風車の家から子どもたちのわらい声や音楽を運んできた。知らないうちにネロの頰《ほお》に涙《なみだ》が流れ落ちた。

なんといっても、まだ、たった十五の少年だったのだ。


ネロには、パトラッシュしか知らない秘密《ひみつ》があった。

ジェハン老人《ろうじん》の小屋の外には、ネロしか出入りしない納屋《なや》があり、ここにネロは材木《ざいもく》でそまつな画架《がか》を作り、絵を描《か》いていたのだ。

なにひとつ人から教わったこともなく、絵の具を買うお金もなかったネロは、ここにあるほんのわずかな材料《ざいりょう》を得《え》るために、何日もパンをがまんしなければならなかったうえ、大きな灰色《はいいろ》の紙にチョークで白黒の絵を描《か》くことしかできなかった。

けれども、ネロは、この紙に描《か》いた渾身《こんしん》の作を、優勝《ゆうしょう》すれば年に二百フラン与《あた》えられるというコンクールに出そうとしていたのだ。

だれの手も借《か》りずに自分の手で描《か》いたものであれば、十八歳未満《さいみまん》のあらゆる少年に出品の権利《けんり》があった。学生であろうが農夫《のうふ》であろうが、金持ちであろうが貧乏《びんぼう》であろうが、ありとあらゆる若者《わかもの》にチャンスがあった。

ネロが描《か》いていたのは、たおれた木に腰《こし》をおろしているひとりの老人《ろうじん》のすがただった。ネロは木こりのミシェル老人《ろうじん》が夕方そのような姿勢《しせい》ですわりこんでいるのを何度も目にしていた。

だれも下絵とか遠近法《えんきんほう》、解剖学《かいぼうがく》、陰影《いんえい》などについて教えてくれるものはいなかったが、それにもかかわらず、ネロは、さまざまな苦労《くろう》をくぐってきた老人《ろうじん》の孤独《こどく》なたたずまいをあますところなく描《えが》きだした。せまりくる夕闇《ゆうやみ》を背《せ》に、ただひとり物思いにしずむ木こりのすがたには、詩情《しじょう》さえもただよっていた。

春から夏、そして秋のすべてをかけて、ネロはこの作品に没頭《ぼっとう》した。

もし優勝《ゆうしょう》すれば、いまの生活は一変《いっぺん》する。ネロは独立《どくりつ》への第一歩を踏《ふ》み出すことができるし、それまで夢《ゆめ》やあこがれにすぎなかった未来《みらい》を一気に引き寄《よ》せることもできる。

けれども、ネロはこのことをだれにもいわなかった。祖父《そふ》には理解《りかい》できないだろうし、アロアはもうネロにとって失《うしな》われたも同然《どうぜん》の存在《そんざい》だった。ただ、パトラッシュにだけは、

「ルーベンスが審査員《しんさいん》だったら、きっとぼくのを入選《にゅうせん》させてくれると思うよ！」

とささやくのだった。

作品の搬入《はんにゅう》は十二月一日で、発表は二十四日に行われることになっていた。入《にゅう》選者《せんしゃ》が家族とともにクリスマスによろこびを味わえるようにするために。

身を切るようなつめたい風の吹《ふ》く冬のある日、ネロは自分の大作を緑色の荷車に乗せ、パトラッシュの助けをかりて、指定された町の公会堂《こうかいどう》のいり口に置《お》いて

きた。

「けっきょく、なにもかもむだなことだったかもしれないけど」

ネロは急に自信《じしん》がなくなり、むなしい気持ちになった。自分のような、着るものもろくにない貧乏《びんぼう》な子どもが、審査員《しんさいん》たちの目にとまるはずがないという気がしてきたのだ。

けれども、大聖堂《だいせいどう》のそばを通ったとき、霧《きり》のたちこめた夕闇《ゆうやみ》のなかにルーベンスが立って、「勇気《ゆうき》をだしなさい」と語りかけてくれたように思えた。

ネロとパトラッシュは、夜の寒さのなかを走って帰った。

その晩《ばん》、ふたりが小屋に着いたあとで雪が降《ふ》りはじめ、何日も何日も降《ふ》りつづいた。やがて村じゅうが雪でおおわれ、道も、畑の仕切りも、なにもかもが見えなくなった。小川はこおり、平原の寒さはいちだんときびしくなった。

そうなると、朝まだくらいうちから牛乳《ぎゅうにゅう》を集めてまわり、街《まち》まで運んで行くのはますますつらいものになった。

ネロのほうは成長《せいちょう》し、わずかながらも力強くなっていくからまだしも、パトラッシュのほうは日に日に老《お》いを重ね、弱ってきている。関節《かんせつ》がこわばり、起き上がるのもつらいことがあるが、それでもパトラッシュは自分の仕事をやめようとはしなかった。

ネロが、どんなに、

「ぼくはもうひとりでも荷車を引けるよ。だからおまえは休んでおいで」

と声をかけても、パトラッシュはそれにしたがう気はなかった。リューマチで痛《いた》む足を引きずり、息づかいもあらく、それでも、がんじょうな首を持ち上げ、荷車を引きつづけることに、誇《ほこ》りとよろこびを感じていた。

「死ぬまで休むべきではない」とパトラッシュは考えていたが、このごろは、その「休むべき」ときは近いと感じることもよくあった。目もよく見えなくなっているし、夜ねむって朝めざめると、からだのふしぶしが痛《いた》んでたまらない。

それでも、朝五時に教会の鐘《かね》がきこえてくれば、どんな痛《いた》みにも耐《た》え、パトラッシュは立ち上がる。

「かわいそうにな。だが、おまえもわしといっしょに、じきにいくらでも休めるようになる。墓場《はかば》でな」

ジェハン老人《ろうじん》は、そういって、骨《ほね》ばった手をパトラッシュのほうにさしのべるのだった。けれども、そんなとき、老人《ろうじん》と老犬《ろうけん》は同じ思いに心を痛《いた》める。自分たちがいなくなったあと、ネロはどうなってしまうのだろうか、と。

ある日の午後、ネロとパトラッシュは、つもった雪をかきわけてアントワープの町から帰るとちゅう、かわいい小さなあやつり人形が道に落ちているのを見つけた。人形はまだきれいなままで、落とし主も見つからなかったので、ネロは、これをアロアが見たらよろこぶだろうと考えた。

ネロとパトラッシュが、赤い風車の家の前をさしかかったときは、冬のみじかい一日は暮《く》れ、あたりはとっぷりとくらくなっていた。

アロアの部屋はわかっていた。その近くに小さな納屋《なや》があるので、ネロはそこの屋根にのぼり、そっと窓《まど》をたたいた。

アロアがびっくりしながらも窓《まど》をあけると、ネロは、

「かわいいだろう？　道でひろったんだ。きみにあげるよ」

といって、アロアの手に人形を持たせた。それから、

「神さまのご加護《かご》がありますように！」

といって身をひるがえすと、納屋《なや》の屋根からとびおり、走って家に帰って行った。

その晩《ばん》、風車のある家は火事にあった。

納屋《なや》とたくさんの小麦が焼《や》けてしまったが、母屋《おもや》と粉《こな》ひき場は無事《ぶじ》だった。そのうえ、コゼツ氏《し》は保険《ほけん》にはいっていたので、ひとつも損はしなかった。

それにもかかわらず、この粉屋《こなや》のだんなは烈火《れっか》のごとく怒《いか》り、火事はたまたまではなく、だれかの悪だくみによるものだと言い張《は》った。

翌朝《よくあさ》、眠《ねむ》りからさめたネロが火事のことを知り、ほかの村人といっしょに手伝《てつだ》いにかけつけると、コゼツ氏《し》はあらあらしくネロを押《お》しのけ、どなりつけた。

「おまえは、ゆうべこのあたりをうろついていたらしいじゃないか！　この火事についてはおまえがいちばんくわしく知っているんだろう、ええ？」

ネロはぼうぜんとして、その場に立ちつくした。

いまきいたことばが信《しん》じられない。なにかの冗談《じょうだん》でなければありえないと思ったが、冗談《じょうだん》などいえる状況《じょうきょう》でないこともわかっていた。

粉屋《こなや》は憤然《ふんぜん》として、村じゅうの人の前で、ネロに向かってひどいことばを投げつけつづけた。

それで、無実《むじつ》の少年は逮捕《たいほ》こそされなかったものの、くらい夜に用もないのに風車の家の前をうろついていたこと、ひとり娘《むすめ》のアロアとの交際《こうさい》を禁《きん》じられてコゼツ氏《し》にうらみをいだいていたことなどが、たちまち悪意のあるうわさになってひろまった。

実際《じっさい》は、村人たちのなかにネロが放火犯《ほうかはん》だと信《しん》じているものはいなかった。しかし、この村で絶大《ぜつだい》な権力《けんりょく》をふるっているコゼツ氏《し》にさからいたくないし、あわよくばアロアを自分の家の嫁《よめ》に迎《むか》えたいと思っている村人たちは、いっせいにコゼツ氏《し》の言い分になびいた。

そして、粉屋《こなや》のだんなに気にいられたいがために、あわれなネロにも、ジェハン老人《ろうじん》にもつめたい目を向け始めた。

ネロが牛乳《ぎゅうにゅう》を集めに行っていた家々では、それまでの感謝《かんしゃ》とねぎらいのあいさつをされる代わりに、顔をそむけ、よそよそしい態度《たいど》を取られるようになった。身におぼえがなく、なんのうしろだてもないネロには、なすすべもなかった。

コゼツ夫人《ふじん》は、泣《な》きながら、思いきって夫に抗議《こうぎ》した。

「あなたは、あの子にずいぶんひどいことをするんですね。あの子は、悪い考えなどひとつもない純真《じゅんしん》な子ですよ。どんなに苦しんだって、人の家に火をつけるようなまねなんかするもんですか」

コゼツ氏《し》は、自分でもそう思っていたのだが、いったん言い出したらあとには引かない頑固《がんこ》な性分《しょうぶん》でもあった。それで、ますます意固地《いこじ》になり、どこまでも自分の意見を通そうとした。

いっぽう、ネロは、自分に対するいわれのない侮辱《ぶじょく》に対して、誇《ほこ》りをもってこらえ、愚痴《ぐち》をこぼすこともしなかった。

ただ、パトラッシュとふたりきりのときは、その首をかきいだいて涙《なみだ》にくれた。

「ああ、あの絵が入選《にゅうせん》したらなあ！　そうしたら、村のみんなも考えを変《か》えてくれるにちがいないのに！」

いままでどおり緑色の小さな荷車に牛乳《ぎゅうにゅう》をあずけてくれる農家は、ほんの二、三軒《けん》になった。そのため、パトラッシュが引く車の重さはかくだんに軽くなり、同時にネロの財布《さいふ》のなかの銅貨《どうか》も、めっきり少なくなってしまったのだった。

クリスマスが近づいてきた。

寒さはますますきびしく、雪は六フィート（約一・八メートル）の高さまでつもり、あちこちに氷が厚《あつ》く張《は》る。しかし、この小さな村では、この時期、キリストの降《こう》誕《たん》を祝《いわ》って、みなが陽気にふるまうようになる。

いちばん貧《まず》しい家でさえも、酒や砂糖《さとう》菓子《がし》が食卓《しょくたく》にのり、どんなにふきげんな農夫《のうふ》もこのときばかりは冗談《じょうだん》をいい、ダンスを踊《おど》る。どの家でも鍋《なべ》にはあたたかいシチューがあふれ、外の雪の上では着飾《きかざ》った少女たちがわらい、さざめきながら小走りに行き交っていた。

ところが、そんななかで、ネロとパトラッシュの住む掘《ほ》っ立《た》て小屋だけは、くらくさびしいものだった。クリスマスの一週間前に、ジェハン老人《ろうじん》がついにこの世を去ったのだ。

苦労《くろう》と貧困《ひんこん》のほかはなにもない人生だった。ただ、愛《あい》してやまない孫《まご》息子のネロと忠実《ちゅうじつ》な犬パトラッシュがいた。

そしてこのふたりは、寝《ね》たきりで、やさしいことばをかける以外《いがい》なにもできないこの老人《ろうじん》がこの世からいなくなったことで、かぎりない悲しみとさびしさに打ちのめされていた。

老人《ろうじん》を葬《ほうむ》り、とむらったのは、少年と老犬《ろうけん》だけだった。

コゼツ夫人《ふじん》は、暖炉《だんろ》の前でたばこをふかしている夫《おっと》をちらちらと見やりながら、

「こんどばかりは、さすがのうちの夫《おっと》も、すこしはあの子たちにやさしくなるにちがいない」

と考えていた。ところが、その視線《しせん》を感じたコゼツ氏《し》は、ますます心をかたくなにし、さびしい葬列《そうれつ》が家の前を通りかかっても、とびらを開けることさえしなかった。

「あれは物乞《ものご》いだ。あんなやからをうちの娘《むすめ》に近づけさせるわけにはいかない」

コゼツ氏《し》は、ひとりごとをいうようにつぶやいた。

夫人《ふじん》はなにもいわなかったが、葬列《そうれつ》が行ってしまうと、そっとアロアに花束《はなたば》を

わたし、ジェハン老人《ろうじん》のお墓《はか》のうえに置《お》いてくるようにといった。

ネロとパトラッシュは悲嘆《ひたん》にくれながらとむらいから帰ってきたが、そこではさらなる仕打ちが待ち受けていた。

その一か月前から、このたおれそうなあばらやの家賃《やちん》を払《はら》えずにいたのだが、ネロが祖父《そふ》のための最低限《さいていげん》の葬儀《そうぎ》のお金を払《はら》ってしまうと、手元には一枚《まい》の銅貨《どうか》すらのこっていなかった。

ネロは家主に、もう一か月家賃《やちん》を待ってもらえないかと頼みに行ったが、強欲《ごうよく》で非情《ひじょう》なこの男は、あわれな少年の頼《たの》みをききいれようとはしなかった。

家主は結局《けっきょく》、いままで家賃《やちん》の代わりとして、小屋にある割《わ》れ鍋《なべ》から石ころにいたるまでのなにもかもを取り上げたあげく、明日の朝には出て行けといいわたした。

その晩《ばん》、ネロとパトラッシュは、火のない暖炉《だんろ》の前で一晩中《ひとばんじゅう》抱《だ》き合ってからだをあたためあった。そして、クリスマス前日の朝、ふたりは思い出のたくさんつまったこの家を出て行った。

「行こう、パトラッシュ。蹴《け》りだされるのを待つまでもないからね」

ふたりは、ネロがもっとおさなかったときからずっと引きつづけていた緑色の荷車にも別《わか》れを告《つ》げた。ジェハン老人《ろうじん》が心をこめてつくったこの荷車も、もうふたりのものではないのだ。

ネロは、通いなれたアントワープへの道をだまって歩いた。

寒さと空腹《くうふく》に耐《た》え、足をひきずりながらアントワープの町に着いたとき、時計は十時をまわっていた。

「ぼくがなにか身につけていたら、それを売ってパトラッシュに食べ物を買ってやれるのに」

ネロはそう思ったが、ネロが着ているものといえば、小さな肌着《はだぎ》とズボン、それにはだしの上からはいている木靴《きぐつ》だけだった。パトラッシュは、そんなネロに身をすりよせ、少しでもあたためてやろうとしていた。

コンクールの発表は正午だったので、ネロは前に作品を置《お》いてきたあの公会堂《こうかいどう》に足を向けた。おおぜいの若者《わかもの》たちが家族や友人たちにつきそわれて、会堂《かいどう》前の階段《かいだん》にあふれていた。

ネロはパトラッシュを抱《だ》きかかえるようにして、階段《かいだん》の下に立ち、そのときを待った。

いよいよ正午の鐘《かね》がなりひびき、会堂《かいどう》のとびらがあいた。群衆《ぐんしゅう》がなだれこむようにしてなかにはいっていく。ネロはそのあとをのろのろとついていった。

賞《しょう》にはいった絵は、木の壇上《だんじょう》にかかげられることになっている。

ネロは緊張《きんちょう》のあまり、目がかすみ、足もとがふるえていたが、人々の頭上にかかげられたその絵を見た瞬間《しゅんかん》、時が止まったかのような絶望《ぜつぼう》の淵《ふち》につきおとされた。

「入賞者《にゅうしょうしゃ》は、アントワープの波止場主の子息、ステファン・キースリンガーです！」

朗々《ろうろう》とした声が響《ひび》きわたり、ネロは目の前がまっくらになるのを感じた。

気がつくと、ネロは会堂《かいどう》の外の石畳《いしだたみ》の上にたおれていて、パトラッシュがなんとかその息を吹《ふ》き返そうとやっきになっていた。

とおくに、入賞者《にゅうしょうしゃ》をたたえ、ばんざいをさけんでいる群衆《ぐんしゅう》の声がする。

ネロはやっとの思いで立ち上がると、

「おわりだ。なにもかも、おわったんだ」

とつぶやいた。そして、ふらつく足どりで、村へと帰る道を歩き始めた。

パトラッシュは、ただうなだれてそのあとをついていくだけだった。

雪が降《ふ》りしきっていた。

身を切るような北風が吹《ふ》きつけ、ネロはほとんど意識《いしき》もうろうとしていた。白分がどこへ、なにをしに行こうとしているのかもわからず、ただ機械的《きかいてき》に歩きつづけるほかなかったのだ。

パトラッシュも同じだったが、村の近くまで来て、教会の鐘《かね》が四時を鳴らしたとき、老犬《ろうけん》はとつぜん首をあげ、キャンキャンと鳴いた。そして、雪のなかからなにか茶色い革袋《かわぶくろ》のようなものをくわえ出し、冬の夕方のくらがりのなかで、ネロの手のなかに落とした。

ふたりのいたところの近くには、小さなキリストの十字架像《じゅうじかぞう》が立っていて、その下にぼんやりとしたランプがともっていた。

ネロが無意識《むいしき》にそのあかりに革袋《かわぶくろ》をかざすと、それには、コゼツ氏《し》の名が記されていて、なかには二千フラン分の紙幣《しへい》がぎっしりとつまっていた。

それを見た少年はわれにかえり、正気をとりもどした。

ネロは、パトラッシュをせかすようにして村にはいり、まっすぐに風車のある家に向かった。

母屋の戸をたたくと、両目を泣《な》きはらしたコゼツ夫人《ふじん》と、そのスカートにしがみついて不安《ふあん》そうな顔をしているアロアが出てきた。

「ああ、ネロ、おまえさんだったの。かわいそうに。おじいさんが亡《な》くなってしまって」

アロアの母はやさしくことばをかけたが、つづけて顔をくもらせていった。

「悪いことはいわないから、うちのだんなさまが帰ってくる前にお帰りなさい。いま、うちはたいへんなことになっているの。夫《おっと》が馬で帰ってくるとちゅうで大金を落としてしまったのよ。いまさがしに行っているのだけど、この雪と風だもの、見つかりっこありませんよ。わたしたちはもう破産《はさん》したも同じなんです。明日はクリスマスだというのに。きっと、あなたにひどいことをした罰《ばっ》だわね」

ネロは、お金のはいった革袋《かわぶくろ》を、コゼツ夫人《ふじん》の手に持たせると、パトラッシュを呼《よ》びよせ、アロアの手に抱《だ》かせた。

「パトラッシュが見つけたんです。さっき、雪のなかで。コゼツのだんなさまにそういってください。

この犬も年をとって弱っていますから、だんなさまも、もう追い出したりはしないでしょう。お願《ねが》いですから、あたたかいところに置《お》いて、なにか食べさせてやってください。そして、ぼくを追いかけてこないようにしてくれませんか。どうか、みなさんでこの犬によくしてやってください」

ネロは早口でそういいおわると、かがんでパトラッシュにキスをし、すばやく身をひるがえし、戸をしめて夜の闇《やみ》のなかにすがたを消してしまった。

あっというまのできごとだった。

コゼツ夫人《ふじん》もアロアも、しばらくこの幸運が信《しん》じられずに立ちつくしていたが、パトラッシュはアロアの腕《うで》からもがき出ると、どっしりとした鉄のとびらにとびつき、くるったように、開けてくれと吠《ほ》えたてた。

夫人《ふじん》とアロアは、やせおとろえた老犬《ろうけん》を厳寒《げんかん》の夜のなかに出す気になれず、あたたかいスープだのお菓子《かし》だのを持ってきてなんとかなだめようとしたが、パトラッシュはがんとしてなにも受けつけようとしなかった。

そこへ、憔悴《しょうすい》しきったコゼツ氏《し》が帰ってきた。

絶望した粉屋は、たおれこむように椅子にすわると、頭をかかえてうめいた。

「もうだめだ。財布《さいふ》は出てこない。わしらは手分けして、ランプの光でありとあらゆるところをくまなくさがしたが見つからなかった。わしは全財産《ぜんざいさん》を失《うしな》ってしまったのだよ。娘《むすめ》の持参金《じさんきん》も、なにもかもな」

コゼツ夫人《ふじん》は、しずかに夫《おっと》に近寄《ちかよ》ると、その手に茶色い革袋《かわぶくろ》を持たせていった。

「ネロが届《とど》けてくれたんですよ。パトラッシュが雪のなかから見つけ出したといって」

それきり夫人《ふじん》はなにもいわなかったが、さすがの頑固者《がんこもの》のコゼツ氏《し》も、くちびるをふるわせながら、こういわざるをえなかった。

「わしは……わしは、あの子にひどいことをしてきた」

そして、がっくりとうなだれていった。

「わしは、あの子にこんなふうにしてもらう値打《ねう》ちのない者だったのに」

アロアは、とんできて父親を抱《だ》きしめた。

「ねえ、パパ、明日のクリスマスに、ネロを呼《よ》んでもいいでしょう?」

コゼツ氏《し》は、涙目《なみだめ》になりながら、うん、うん、とうなずいた。

「ああ、もちろんだよ。クリスマスだって、ほかの日だって、ずっとずっと来てもらうがいいさ。わしはあの子に、あやまらないといけないんだから」

アロアは父親の頰《ほお》にキスをすると、こんどはそのひざからとびおり、パトラッシュのもとにかけつけて、抱《だ》きしめながら無邪気《むじゃき》にいった。

「パトラッシュも、ここにいていいでしょう? ごちそうしてあげてもいいでしょう?」

「ああ、ああ、もちろんだとも。この犬にも礼をいわなきゃならないからな」

クリスマス・イブのこの夜、コゼツ家にはたくさんの料理やお菓子《かし》があふれかえり、部屋という部屋には豪華《ごうか》な飾《かざ》りつけがされていた。アロアは、飢《う》えたパトラッシュをよろこばせたくてたまらなかった。

しかし、パトラッシュは、あたたかい場所に行こうともしなければ、さし出された食べ物に口をつけようともしなかった。寒さにふるえ、空腹《くうふく》に耐《た》えがたい思いではあったが、ネロといっしょでなければどんな恩恵《おんけい》も受けるつもりはなかったのだ。

「この犬は、あの子をさがしているんだな」

コゼツ氏《し》は感心していった。

「かしこい犬だ。うん、ほんとうに良《よ》い犬だ。明日の朝になったら、わしが自分であの子を迎《むか》えに行ってやるからな」

ネロがあの掘《ほ》っ立《た》て小屋を出たことは、パトラッシュのほかはだれも知らなかった。

そして、ネロがひとりで死出の旅へと向かったことにも、パトラッシュのほかはだれも感づかなかった。

安心と豊《ゆた》かさを取り戻《もど》したコゼツ家の居間《いま》は、あたたかくしあわせに満《み》ちていた。親子三人は、明日になったらどんなふうにネロを迎《むか》え、なにをしてもてなし、これからどんなふうにあの子を支《ささ》えて行こうかと、たのしい想像《そうぞう》をふくらませた。

やがて、夕食のしたくがととのい、贈《おく》りものを持った客がやってきて玄関《げんかん》のとびらをあけた瞬間《しゅんかん》、パトラッシュは、電光石火《でんこうせっか》の早業《はやわざ》で、そのすきまから外にとびだした。そして、その弱り切った足がゆるすかぎりの全速力で、ネロの足あとを追いかけはじめた。

次々と降《ふ》りしきる雪が目に見える足あとを消してはいたが、そのなつかしいにおいは、たしかに通いなれたアントワープの町をめざしていた。

パトラッシュが時によろめきながら、ようやく町にたどり着いたとき、時計はもう真夜中の十二時をまわっていた。

町はほとんど寝《ね》しずまっていたが、ついさっきまで人々が行き交っていた道で、

恐縮ですが
切手を
おはり
ください

郵便はがき

〒164-0001
東京都中野区
中野 2-1-5

いのちのことば社
フォレストブックス 行

お名前

ご住所 〒

Tel.

性別

年齢

ご職業

WEBからのご感想投稿はこちらから
https://www.wlpm.or.jp/pub/rd
新刊・イベント情報を受け取れる、
メールマガジンもございます。

書名

お買い上げの書店名

本書についてのご意見、ご感想、
ご購入の動機

ご意見は小社ホームページ・各種広告媒体で
匿名にて掲載させていただく場合があります。

愛読者カード

本書を何でお知りになりましたか？

1. □ 広告で（　　　　）
2. □ 書店で見て
3. □ ホームページで（サイト名　　　　）
4. □ SNSで（　　　　）
5. □ ちらし、パンフレットで
6. □ 友人、知人からきいて
7. □ 書評で（　　　　）
8. □ プレゼントされて
9. □ その他（　　　　）

今後、どのような本を読みたいと思いますか。

ありがとうございました。

ご記入いただきました情報は、貴重なご意見として、主に今後の出版計画の参考にさせていただきます。その他「いのちのことば社個人情報保護方針 https://www.wlpm.or.jp/about/privacy_p/」に基づく範囲内で、各案内の発送、匿名での広告掲載などに利用させていただくことがあります。

ネロの足跡《あしあと》をさがすのはかんたんではなかった。けれども、パトラッシュはついにその小さな痕跡《こんせき》が、町の教会の大聖堂《だいせいどう》に向かっていることをさとった。

「だいすきなもののところへ行ったのだ」

パトラッシュはもう迷わなかった。

犬の自分には、ネロのあこがれと情熱《じょうねつ》の意味はわからない。けれども、理解《りかい》はできないながらも、芸術《げいじゅつ》への熱い思いを感じることはできる。

パトラッシュは、悲しみとせつなさでいっぱいになりながら、大聖堂《だいせいどう》への階段《かいだん》をのぼっていった。

真夜中のミサのあと、どういうわけか大聖堂《だいせいどう》のとびらはしまっていなかった。

愛《あい》するひとの足跡《あしあと》を追ってなかにはいったパトラッシュが見たものは、白い布《ぬの》がかけられた大きな絵の前にたおれているネロのすがただった。

パトラッシュは、そっとそばにより、少年の頰《ほお》にぬれた鼻づらを押《お》しつけた。

ネロは、はっと顔をあげ、身を起こした。

「パトラッシュ、来たんだね。おまえはあの家でだいじにしてもらえると思ったのに……」

弱りきった少年は、さいごの力でたったひとりの友を抱《だ》きしめた。

「ふたりでいっしょにおじいさんのところに行こう。だれもぼくたちには用がないんだ。ぼくたちは、この世でたったふたりっきりなんだ」

返事のかわりに、パトラッシュはその老《お》いた頭を少年の胸《むね》にもたせかけた。そのひとみは涙《なみだ》にぬれていたが、悲しいからではなかった。しあわせだったのだ。

ふたりは石の床《ゆか》からつきあげるつめたさの上で、ぴったりと寄《よ》りそって横たわった。そのからだには、もう寒いという感覚《かんかく》もなかった。ふたりともたのしい夢を見ていた。ジェハン老人《ろうじん》もまだ元気で、夏の牧場《まきば》でネロとパトラッシュがいっしょにかけまわっていたころの夢《ゆめ》を。

そのとき、とつぜん闇《やみ》のなかにまぶしいほどの白い光がさしこんだ。

ちょうど、高くのぼった月が、降《ふ》りやんだ雪の白さを反射《はんしゃ》して、大聖堂《だいせいどう》のなか

に降《ふ》り注いだのだ。

目をさまして顔をあげたネロの頭上には、あのルーベンスの二枚《まい》の絵がくっきりと浮《う》かびあがっていた。絵をおおっていた布《ぬの》はあとかたもなくなっている。いまやネロの目には、はっきりと見えていた。

十字架《じゅうじか》にのぼるキリスト、そして十字架《じゅうじか》からおりるキリストの絵が。

クリスマスの朝、大聖堂《だいせいどう》に来た神父たちは、眠《ねむ》っているかのような少年と犬のなきがらをみつけた。やせ細ってはいるけれど、白くうつくしい少年のくちもとには、うっすらとほほえみが浮《う》かんでいた。

日も高くなったころ、ひとりのいかつい顔をした男が、子どものように泣《な》きじゃくりながらやってきた。

「わしは、あの子にひどいことをした。それをきょうから埋《う》め合わせようと思っていたのに。あの子のためなら、わしの財産《ざいさん》の半分だって惜《お》しくなかったし……わしの息子にしようと思ってもいたのに」

それから、ある有名な画家がやってきていった。

「ほんとうだったらきのう優勝《ゆうしょう》したはずの少年をさがしにきました。日暮《ひぐ》れどきにたおれた木の上にすわっている木こりのすがたを描《か》いた少年はどこですか？　審査員《しんさいん》たちはその子の作品を最優秀《さいゆうしゅう》としたはずだったのに、町ではほかの子に賞《しょう》を与《あた》えたそうですね。わたしは、あの天才少年を引き取って弟子にしようと思っているのですが」

それから、町の人々は、うつくしい巻《ま》き毛の女の子が、父親の腕《うで》にしがみつきながら泣《な》きさけぶのをきいた。

「ああ、ネロ、うちに来てよ！　あなたに来てもらう用意がすっかりできてるのよ！　お菓子《かし》も贈《おく》りものもいっぱいあるの。わたしたち、これからずっといっしょにいられるのよ！　もちろん、パトラッシュだって！

おお、ネロ、起きて！　起きてちょうだい！」

けれども、ルーベンスの絵の下に横たわったつめたくうつくしい若者《わかもの》の顔は、

「すべてがもう遅《おそ》い」とこたえていた。

ネロとパトラッシュは、死んだあとも離《はな》れることはなかった。

人々がどんなにふたりを引きはなそうとしても、少年の腕《うで》は老犬《ろうけん》をしっかりと抱《だ》きかかえたまま、離《はな》さなかったのだ。

後悔《こうかい》に恥《は》じいったコゼツ氏《し》と村の人々は、特別《とくべつ》に教会に許可《きょか》を申しいれ、ふたりのなきがらがともにひとつの墓《はか》にはいるようにはからった。

だから、ふたりはいまもおたがいに寄《よ》りそったまま眠《ねむ》っている。

バーティのクリスマス・ボックス

オルコット　原作

「おかあさん、手紙だよ！」

おさないバーティが、部屋にかけこんできた。

おかあさんのフィールド夫人《ふじん》と、そのお姉さんのジェインおばさんは、クリスマス・プレゼントをせっせと作っている。

「姉さん、読んでくれる？　わたし、いま、手がべとべとしてるのよ」

フィールド夫人《ふじん》は、三角形の袋《ふくろ》や四角い箱にボンボンをつめていた。

「アイオワに知り合いなんていたっけ？」

ジェインおばさんは、手紙の消印《けしいん》を見ていった。

「いないわ。きっと、寄付《きふ》のお願《ねが》いかなにかだわ。慈善事業《じぜんじぎょう》の事務局《じむきょく》で秘書《ひしょ》をしてるものだから、そういう手紙がしょっちゅう来るの。ちょっと中身を見てみて」

フィールド夫人《ふじん》は、そういいながら、こわれた砂糖菓子《さとうがし》の犬のかけらをバーティの口に入れてやった。

「まあ、あきれた！　こういう人たちって、次から次へとおねだりしてくるのね。ちょっときいてよ！」
ジェインおばさんは、ていねいな字で書かれた文面を目で追いながらさけんだ。

フィールド夫人《ふじん》さま
奥《おく》さまの広いお心にすがりたく、思いきってお願《ねが》い申し上げます。お手持ちの豊富《ほうふ》なお品のなかから、なにかいただけるものがありましたら、ちょうだいできないでしょうか。
手短に申しますと、わたくしはクリスマスが来ても、二人のおさない息子たちになにもあげられないのです。以前はもう少しましな暮《く》らしをしていたのですが、夫《おっと》が亡《な》くなり、無一文になってしまいました。わたし自身も病に伏《ふ》し、天涯孤独《てんがいこどく》で、どうすることもできません。でも、もしこの子たちになにかいただけましたら、一生恩《おん》に着ます。

どうぞよろしくお願《ねが》いいたします。

エレン・アダムス

「なんだか、あやしくない？」

ジェインおばさんが手紙を折《お》りたたみながらいった。

「気のどくなこと」

フィールド夫人《ふじん》は、プレゼントの箱が山と積《つ》まれたテーブルから、自分の足元にいる男の子の巻《ま》き毛の髪《かみ》に目を移しながらいった。

けれども、ジェインおばさんはひややかだった。

「これって、きっとお涙《なみだ》ちょうだいで気をひこうとする新手《あらて》の物乞《ものご》いよ。『なんでもいいからください』みたいにいってるけど、もちろんながら、あなたがお金を送ってくれることを期待してるに決まってる。だまされちゃだめよ」

「ええ、お金は送らない。でも、ここにはこんなにたくさんの物があふれているんだもの。わずかなものを惜《お》しんで、かわいそうなぼうやたちが神さまへの信《しん》頼《らい》をなくすようなことになるのはいやだわ。

この人にだまされているのかもしれないけど、ここから少しばかりわけてあげても、たいしたことではないでしょう。

なくなったおかあさまがよくいっていたじゃない。『ひとりの正直な人を見捨《みす》てるくらいなら、百回だまされるほうがましだ』って。わたしは、いくら忙《いそが》しくても、そういうたいせつなことばを、わすれないようにしたいと思っているの」

ふたりの女性《じょせい》は、しばらくおしゃべりしながら手を動かしていたが、一段落《いちだんらく》すると、ジェインおばさんは作りかけだった新しいぼうしのつづきをはじめ、フィールド夫人《ふじん》も次の仕事にとりかかるために手を洗《あら》いに行ってしまった。

バーティはしばらくそこにすわって物思いにふけっていたけれど、やがて立ち上がり、子ども部屋にもどると、まじめな顔つきでひとりごとをいった。

「ママは手紙のことなんてすぐわすれてしまうだろうし、おばさんははじめからなにも送る気がない。ぼくがなにもしなかったら、かわいそうな小さい男の子たちは、クリスマスになにももらえないんだ。

ぼくはたくさんのものをもらっているし、これからももらえる。だから、ぼくが持っているいちばんいいものを、その子たちにあげよう」

部屋のなかは、使い古しのおもちゃやら、こわれたおもちゃやらが散《ち》らかっている。バーティは両手をうしろにまわしたまま、なにをどうしたらいいかわからずにいたけれど、ふと新しい木馬がはいっていた木の箱が目に入った。

木馬は二脚《にきゃく》の椅子《いす》につながれたままで、おもちゃの鞭《むち》や手綱《たづな》もそのへんにほったらかしだった。でも、バーティが目をつけたのは箱のほうだった。これはちょうどいい大きさだ！

「これを使おう！」

パーティはそういって、仕事にとりかかった。

よっぽどむちゅうになっていたらしく、しばらく子ども部屋はしずまりかえっていたが、とつぜんバン！　という大きな音がしたので、ジェインおばさんがびっくりしてとびあがり、かけつけてきた。

「ちょっと、いったいなにをしているの!?」

おばさんが呼《よ》びかけると、バーティはすまして答えた。

「ぼく、サンタクロースになってるんだよ。そりにプレゼントをつめているところなの。鈴《すず》の音がきこえない？」

バーティは、じゃましないでくれといわんばかりに、手綱《たづな》をふったり鞭《むち》を鳴らしたりした。ジェインおばさんは、肩《かた》をすくめて、

「わかったわ。ともかく、悪さしちゃだめよ」

といって、またぼうしづくりにもどっていった。

さいごにバーティは、自分用ののりで箱に紙をはった。

「さあ、できた！　ママはよろこぶだろうな。ママのかわりに仕事をしてあげたんだから」

ABC

バーティはきれいに飾《かざ》られた箱を見て、大満足《だいまんぞく》だった。

「これは、もどってくるまでかくしておこう。ジェインおばさんが見たら『またヘンなことしてる！』っていわれちゃうから」

バーティはそういいながら、箱がすっかり見えなくなるまで、いろいろ動かしながらベッドの下に押《お》しこんだ。それからいつものように散歩《さんぽ》にでかけると、箱のことは次の日まですっかりわすれてしまっていた。

「バーティのいちばん上等なぼうしはどこですかね？　ゴムをつけかえてやりたいのに、見つからないんですが。まったく、あの子ったら、ものを大事にしないにもほどがありますよ」

翌日《よくじつ》、乳母《うば》のメアリーがぶつぶついった。

クリスマスの買い物に行きたいので、早く仕事をおわらせたいのだ。そして、徹底的《てっていてき》に子ども部屋をさがしまわったあげく、ついにベッドの下の箱からぼうしの羽がとび出しているのを見つけた。

「おやまあ！　こんなところにつめこんだら、いったいどうなっちまってることやら！」

メアリーは、箱を引っぱりだして居間に持っていった。

さて、ジェインおばさんは窓《まど》ぎわでぬいものをしていて、フィールド夫人《ふじん》は小《こ》包《づつみ》をもってはいってきたところだったけれど、ふたりともこのおかしな箱のふたが取られるところを興味津々《きょうみしんしん》でのぞきこんだ。

なにしろ、めちゃくちゃに釘《くぎ》が打たれているうえに、赤やら青やらの派手な札があちこちにはられていて、どんな有能《ゆうのう》な配達員《はいたついん》でもどうしたらいいかわからなくなるような代物《しろもの》なのだ。

ところが開けてみると、中身はバーティのつぶれたぼうしや、いちばん上等なコート、高価《こうか》な本、おもちゃ、絵、ペロペロキャンディー、そして、それらの上には前の日のお昼のジンジャーブレッドのかけらが乗っている。

「まあ、これはいったい、どういうことかしら」

フィールド夫人《ふじん》があきれたようにいうと、ジェインおばさんがいった。

「そういえば、きのう、ガンガン釘《くぎ》を打つ音がしたから行ってみたら、あの子、サンタクロースごっこやってるんだ、っていってたわ」

それから、まじめな顔になっていった。

「ねえ、せっかく買ってもらった高価《こうか》なものを、こんなふうに雑《ざつ》にあつかうなんて、いちど鞭《むち》でおしおきしたほうがいいんじゃないかしら？」

そのとき、ききなれたかわいい足音が廊下《ろうか》をやってくるのがきこえてきた。

フィールド夫人《ふじん》は顔をあげていった。

「あの子が来たわ。おしおきする前に、はなしをきいてみなくちゃ」

バーティは、はいってきて箱が開けられているのを見たとたん、顔をくしゃくしゃにしてさけんだ。

「なんでだよ！　ぼく、がんばったのに、だいなしじゃないか！　だれがやったの？　メアリー？」

「ねえ、どういうこと、バーティ?」

フィールド夫人《ふじん》がとまどったような顔できいた。

「かわいそうな男の子たちにあげるんだよ。きのう、ママが手紙を読んでたじゃないか。ママがその子たちのことわすれちゃうと思ったから、ぼくのものを分けてあげることにしたんだ。よろこんでくれると思ったのに」

バーティはそういうと、わっと泣《な》きだしてしまった。

「ええ、ええ、ママはうれしいですよ。でも、どうして自分のものを送ろうと思ったの? ママたちになにか送ってあげてといえばよかったことでしょ?」

「だって、ママはいつも『自分のいちばん良《よ》いものを与《あた》えなさい』っていってるじゃないか。だからぼく、いちばんだいじなものを分けてあげようと思ったんだよ。だって、その子たち、こまっているみたいなんだもの。それって、いけないことだった?」

フィールド夫人《ふじん》は、しばらくものもいえずに立ちつくしていたが、やがて自分が手にもっていた小さい包《つつ》みからあふれんばかりの大きい箱に目をうつすと、バーティの前にひざまずいていった。

「小さな神の信徒《しんと》さん、いけないことなんてないわ。そうね。よろこんで与《あた》え、兄弟姉妹を信《しん》じなければね。ママは人をうたがったことをはずかしく思うわ。ねえ、ジェイン、このふたつの箱を見くらべてみて。わたしの箱は小さくてみすぼらしいのに、バーティの箱はなんてりっぱなんでしょう。まあ、食べかけのパンがはいっているとしてもね。

さあ、バーティ、あなたの箱にたくさんの良《よ》いものをつめましょう。そして、あなたの名まえで送りましょうね。あなたこそがほんもののサンタクロースですもの。子どもたち、きっとよろこぶわ」

バーティは、はちきれそうな笑顔《えがお》になった。

「ねえ、たくさんつめてね。食べるものもいっぱい入れて。きっと、おいしいものがいちばんうれしいだろうから！」

「ええ、そうしましょう！　あなたの手押《てお》し車を持っていらっしゃい。そして、このすてきな箱に入れたいものを集めましょう」

バーティは入れるものを選びながら、うれしくて、ぴょんぴょんとびはねた。

「サンタクロースになるのってたのしいな。ぼく、ずっとサンタになっていたいよ」

フィールド夫人《ふじん》は、祝福《しゅくふく》を与《あた》えるときのように、息子の金髪《きんぱつ》の頭に手を置《お》いた。

「そうね、ずっとサンタさんでいられるといいわね。もらうよろこびより、与《あた》えるよろこびのほうが大きいんですもの。これからも毎年大きな箱を送りましょう」

さいごに、小さな長靴下《ながくつした》と自分のあたたかいガウンを入れながら、フィールド夫人《ふじん》がいった。

「さあ、あとはすきまを埋《う》めるために、なにか細かいものでも入れておわりにしましょう。そして、おとうさまがお夕食に帰ってきたら、釘《くぎ》を打ってもらいましょうね」

するとふたりのようすを見ているうちに、心ならずもだんだんなにかしたくなってきたジェインおばさんがいった。

「わたしも紫《むらさき》のショールをあげることにするわ。まあ、あれはちょっと老《ふ》けて見えるし……その人が本当に着るものにこまっているとしたら、きっと助かるでしょうからね」

がんこなおばさんが言いわけしながらショールを取りに行くのを見て、フィールド夫人《ふじん》はそっとつぶやいた。

「ちいさなサンタクロースさん、あなたはプレゼントを贈《おく》る以上《いじょう》にすばらしいクリスマスのお仕事をしたわね」

そこへ一家のあるじ、フィールド氏《し》が帰ってきた。フィールド氏《し》は、エレン・アダムスから届《とど》いた手紙を読み、息子が最初《さいしょ》に作った箱を見ておおわらいしたあと、新しくできあがった箱に釘《くぎ》を打って送ってやろうといってくれた。

それから、札入《さついれ》れを取り出し、五ドルにしようか十ドルにしようかと迷ったあとで、急いで十ドル札《さつ》を封筒《ふうとう》に入れ、いちばん上にあったガウンのポケットにすべりこませた。

「ばかげたことかもしれんがな。でもまあ、ここはわが息子をみならうことにしようじゃないか。せいぜいむだにならんことを祈《いの》るよ」

そういって、フィールド氏《し》はかなづちを取りに行った。

そして、箱のふたをしっかりと打ちつけ、はっきりと宛名《あてな》を書き、すぐに送ってあげると約束《やくそく》してくれた。

「さあ、いったいどうなることやら」

フィールド夫人《ふじん》は、ずっしり重くなった箱を見て、ちょっと心配そうにいった。

「きっとお礼のことばもこないわよ」

ジェインおばさんは、やめておいたほうがいいんじゃないかという口ぶりだった。

「もっとくれといってくるかもしれんな」

フィールド氏《し》は、早くも十ドル入れたことを後悔《こうかい》しているようだったが、いまさら五ドル札《さつ》とかえるわけにもいかない。

「これをもらったら、きっとその子たちよろこぶよ！　ぼくは自分だけ贈《おく》りものをもらうより、その子たちもいっしょにもらえるほうがうれしいよ！」

バーティは、おとなたちの心配のことばをきいても気にしなかった。

それよりも、貧《まず》しい子どもたちも豊《ゆた》かにクリスマスを祝《いわ》えると思うと、しあわせな気持ちでいっぱいだった。


クリスマス・イヴの夜になった。

遠いアイオワの小さな町でも、人々はクリスマスの飾《かざ》りつけに忙《いそが》しかった。場《ば》末《すえ》のひなびた通りでさえ、お祭り気分にわきたっている。

ところが、ある一軒《いっけん》の古家の一室では、ひとりの母親が病気の赤ちゃんをあやしながら涙《なみだ》をこぼしていた。

殺風景《さっぷうけい》な部屋のなかには、仕事が山積《やまづ》みになったテーブルと、冷《ひ》えきったストーブ、ランプがひとつ、それにほとんどからっぽのたんすがあるばかり。

ベッドのなかには、ショールにくるまった小さなふたつの黒い頭。規則《きそく》正しい寝息《ねいき》から、飢《う》えと寒さのなかでも、ふたりの男の子、ジミーとジョニーがすやすや眠《ねむ》っていることがわかる。

けれども、明日はクリスマスだというのに、ふたりには贈《おく》りものがないのだ。

ふたりの母親であるアダムス夫人《ふじん》は、テーブルの上のやりかけの仕事に目をやった。赤ちゃんが病気にならなければ、この仕事をおえて、いくばくかのお金を得《え》ることができるはずだった。

それから、夫人《ふじん》の視線《しせん》は暖炉《だんろ》のわきにかかった小さなふたつの靴下《くつした》から、炉《ろ》だなの上の赤いリンゴにうつっていった。

これだけが、ジミーとジョニーにあげられるゆいいつの贈《おく》りものだが、それも、靴下《くつした》のつま先にあいた穴《あな》をかがらないとなかに入れてあげることができない。

「赤ちゃんを寝《ね》かしつけられたら、すぐにかがってやろう。ランプの油がもってくれたら、ベストを二枚《にまい》仕上げることもできるんだけど。そうしたら、かわいそうな子どもたちにキャンディーくらいは買ってやれるでしょう。

お菓子《かし》のないクリスマスなんて、クリスマスじゃないものねえ」

そうつぶやいて、アダムス夫人《ふじん》はやさしくふたつの頭を見つめた。子どもたちにショールをかけてやってしまったので、夫人《ふじん》は寒さにふるえていた。

思いが通じたかのように赤ちゃんは寝《ね》つき、ベッドの端《はし》のほうに寝《ね》かせると一時間ほどのあいだぐっすりと眠《ねむ》ってくれた。そのあいだに、母親の指は、寒さと疲《つか》れのなかで動くかぎりの働《はたら》きをした。

（手紙の返事はとうとう来なかったわ。でも、しかたがない。知らない人からの手紙なんて、とりあってはもらえないわよね。みんな忙《いそが》しい時期だし……子どもたちにほんの少しでも、なにかもらえたらよかったのだけど……）

アダムス夫人はそんなことを思いながら、ひとり冷《ひ》えきった部屋で仕事に励《はげ》んだ。外からはクリスマスの鐘《かね》の音や、冬の町の陽気なざわめきがきこえている。

ちょうどそのとき、階段《かいだん》をあがってくる足音と、部屋のとびらをたたく音がした。そして、いきなり「お届《とど》けものですよ、奥《おく》さん。お代は支払《しはら》いずみです」という大声がきこえたかと思うと、配達員《はいたついん》がどさっと大きな箱を部屋のなかにほうりこみ、あわただしく出て行った。

少しのあいだ、アダムス夫人《ふじん》は夢《ゆめ》でも見ているかのような気がしていた。それから、これはなにかのまちがいだろうと思ったが、箱の上にははっきりと自分の名まえが書かれている。アダムス夫人《ふじん》は両手をかたくにぎりあわせ、声も出ないほどのよろこびがじわじわとあふれてくるのを感じた。

手紙は読んでもらえたのだ！

もしもフィールド夫妻《ふさい》、ジェインおばさん、そしてバーティがこのあとの光景《こうけい》を見ることができたなら、自分たちの贈《おく》りものが大成功だったことを知ったにちがいない。

アダムス夫人《ふじん》は泣いたりわらったりしながら、贈《おく》りものの包《つつ》みを抱《だ》きしめ、フィールド夫人《ふじん》からの手紙にキスをした。それから、さっそく贈《おく》りものの中にあったあたたかいガウンを着て、紫《むらさき》のショールを肩《かた》にかけた。

すると、まるでやさしい腕《うで》に抱《だ》かれているような気がした。それから、ポケットのなかでなにかがさごそする音がしたので手を入れてみて、そこにお金が入っていることに気づくと、床《ゆか》にくずおれ、箱にすがりついてむせび泣《な》いた。

「ああ、神さま、この情《なさ》け深い方々に、かぎりなき平安とみめぐみをお与《あた》えください！」

この夜、世界中でいったいどれだけの贈《おく》りものが手わたされ、お礼のことばが交わされたことだろう。けれども、この部屋に届《とど》いたこの箱ほどよろこばれ、感《かん》謝《しゃ》されたものはほかにない。なにもかもを一瞬《いっしゅん》で変《か》えてしまう、おとぎばなしの魔法《まほう》のようだった。

貧《まず》しさのどん底《ぞこ》にいたアダムス夫人《ふじん》は、いまや着心地のよい服にくるまれ、ポケットには十ドルの大金がある。けれども贈《おく》りものの箱以上《いじょう》に心をあたたかくしてくれているのは、自分を信用《しんよう》してくれて、助けてくれたひとがいるという思いだった。そのことがいちばん、この打ちのめされた母親を元気づけてくれたのだ。

はりきってクリスマスの準備《じゅんび》をし、心をこめてフィールド夫人《ふじん》にお礼状《れいじょう》を書いたあと、アダムス夫人《ふじん》はベッドにもぐりこんだ。

そして、赤ちゃんのそばで満《み》たされた眠《ねむ》りについた。

「いったい、どうしちゃったの?」

次の朝、ジミーは目をさますなりさけんだ。

朝からストーブの火が燃《も》えている。いつだって、おかあさんは節約《せつやく》のため、夜おそくまで火を入れないのに。

ジミーは、頭をあげて、いつもとちがう部屋のようすを見ると、すぐさまベッドからとびおりた。

「ジョニー、起きてよ！　なにかすごいことが起きたんだ。すばらしいことになってるよ！」

ジミーは興奮《こうふん》して、兄の髪《かみ》を引っぱった。

「あっちへ行けよ。ぼくはまだ寝《ね》るんだから」

眠《ねむ》そうな声を出して、ジョニーはふたたびまるまってしまった。

「ねえ、お部屋がとってもあったかいし、すごくおいしそうなにおいもしているよ。それに、ぼくたちの新しい服もいっぱいあるし、赤ちゃんが赤い服を着せてもらってる。ママはいないみたいだけど、ぼくたちの靴下《くつした》がふくらんでるよ！うそみたいだ！」

そのことばをきいて、ジョニーもがばっと起き上がった。

それからふたりはしばらくのあいだ声も出ないありさまで、その場にすわりこんでいた。

暖炉《だんろ》には心地よい火が燃《も》えていて、ストーブの上ではなにかがジュージューと焼《や》けるおいしそうな音がしている。いつもなら、おかゆと糖蜜《とうみつ》しかないテーブルの上には、大きなパンとバター、それに卵《たまご》が六つものっていた。

カーテンには小さなコートとズボンが留《と》めてあり、ベッドの支柱《しちゅう》にはぼうしがかかっている。窓辺《まどべ》のベンチには長靴《ながぐつ》がずらりと並《なら》んで、お出かけするのを待っているかのようだ。

赤ちゃんはフランネルの赤いナイトガウンをはおり、青い靴下《くつした》をはいてすわっていた。そして、片手《かたて》にオレンジ、もう片方《かたて》の手にゴム製《せい》の馬をにぎっている。なによりすばらしいのは、炉《ろ》だなからぶら下がっているふたりの灰色《はいいろ》の靴下《くつした》が、いっぱいにふくらんで、中身があふれそうになっていることだった。

「ぼくたち、天国にいるのかな」

ジミーは、あまりにもいろんなものがありすぎて、こわくなったようだった。

「ううん、きっとサンタクロースが来たんだよ。ママは来ないっていったけど、ちゃんと来てくれたんだ！　それにしても、すごいや！」

そういってジョニーは息を深く吸《す》い、しあわせのためいきをついた。片目《かため》はふくらんだ靴下に、もう片方《かたほう》の目は鋲《びょう》のついた青いズボンに吸《す》いつけられている。

「ねえ、プレゼントをあけてみようよ！」

ふたりは二匹《にひき》の子猿《こざる》のように贈《おく》りものの山にとびついた。

ふたりはそれぞれの靴下《くつした》と、山ほどのおもちゃを持ってベッドの上にもどり、おかあさんが両手いっぱいの買い物袋《ぶくろ》をかかえて帰ってくるまで、ずっとむちゅうでよろこびにひたっていた。

おかあさんのアダムス夫人《ふじん》もまた見ちがえるようになっていた。

シックなガウンをはおり、紫《むらさき》のショールを巻《ま》いている！　悲しくみじめな母のすがたはもうない。若々《わかわか》しく、しあわせそうなおかあさんがかけこんできて、子どもたちを抱《だ》きしめると、一気にしゃべりはじめた。

「メリークリスマス、わたしのかわいいぼうやたち！　親切《しんせつ》なご婦人《ふじん》と、その息子さんのパーティが、わたしたちのサンタクロースになって、こんなにたくさんのものを送ってくださったのよ。なんてありがたいこと！　その方たちにみめぐみが豊《ゆた》かにありますように！　さあ、ぼうやたち、キスしてちょうだい。ああ、こんなにしあわせなことってないわ！」

それから、家族は赤ちゃんをまんなかにして長いこと抱《だ》き合っていた。が、やがてやかんのお湯がわく音がすると、アダムス夫人《ふじん》は、きょう、子どもたちには、キャンディーよりもしっかりおなかにたまるものを食べさせてやれるのだと思い、もういちどしあわせな気もちにひたった。

みんなはまた、パーティの服のおさがりにも大興奮《だいこうふん》だった。どれも八歳《さい》のジョニーにぴったりだったし、ジミーはズボンや上着が大きすぎても気にしなかった。

いつもぼろぼろの服しか着たことのないふたりは、新しい服を着てクジャクのようにそっくりかえって歩き回ってみせた。

アダムス夫人《ふじん》は、きょうの晩《ばん》ごはんの心配をしなくてもいいことがなによりうれしかった。この魔法《まほう》の箱のなかには、パイやケーキ、紅茶《こうちゃ》、オレンジ、イチジクにクルミまで入っていたのだ。

それに、けさ、夫人《ふじん》は少しばかりの肉とジャガイモも買ってきている。これできょう一日のクリスマスのごちそうはじゅうぶん、いや、じゅうぶんすぎるくらいだ。

朝ごはんを食べおえると、家族はもういちど贈《おく》りものを並《なら》べてよろこび合った。新しい服を着て「おめかし」している子どもたちに、アダムス夫人《ふじん》はしみじみと

いった。

「ぼうやたち、ここへ来てママの手をにぎってちょうだい。そして、わたしたちの『小さなサンタクロースさん』のために祈《いの》りましょう。バーティとそのご家族がきょう、わたしたちと同じくらいよろこびに満《み》ちたクリスマスをすごしますように、と」

ジョニーとジミーは、神妙《しんみょう》な顔でお祈《いの》りをした。

けれど、ついには、あふれ出るうれしさをおさえきれなくなって、思わずバーティがそこにいるかのようにさけんだ。

「バーティ、贈《おく》りものの箱、ありがとう！」

すると、赤ちゃんまでがいっしょになってわらい声を立てた。

ふたりの男の子はよろこんで、天まで届《とど》けとばかり大きな声でさけんだ。

「バーティ・フィールド、ばんざーい！　ぼくたちのサンタクロースに、かぎりなく神さまのみめぐみがありますように！」

雪《ゆき》の女《じょ》王《おう》

七つのおはなしからできている物語

アンデルセン 原作

I 第一のおはなし――鏡《かがみ》と、そのかけら

さあ、おはなしをはじめるよ。このおはなしをさいごまできいたら、きっとたくさんのことがわかるようになるからね。

❄

むかしあるところに、ひとりの悪魔《あくま》がいた。

その日、悪魔《あくま》はじょうきげんだった。上物《じょうもの》の鏡《かがみ》をひとつ作り上げたからだ。「上物《じょうもの》」というのは、悪魔《あくま》にとって、ということで、それはなんでもひどくゆがめたかたちに映《うつ》す鏡《かがみ》だった。

いいものやうつくしいものは、みな、見えないくらいに小さくなってしまう。反対に、役に立たないものやみっともないものはぐっと大きく見えるようになる。

「こいつはいいぞ!」

悪魔《あくま》は小躍《こおど》りしてよろこんだ。なにしろ、だれかの心に信心《しんじん》深いよい考えが生まれると、鏡《かがみ》にはみにくいしかめっつらが映《うつ》るのだから。悪魔《あくま》は、さんざん人間を映《うつ》して歩いたあげく、こんどは天までのぼって天使も神さまもばかにしてやろうと考えた。

ところが、鏡《かがみ》を持って天に向かっていこうとすると、鏡《かがみ》はふるえだして、地面に落ち、何千万の、何億《おく》の、いや、それ以上《いじょう》のかけらになってとび散《ち》っていった。そして、いままで以上《いじょう》に不幸《ふしあわ》せをふりまくことになった。

それというのも、いちばん小さいかけらは砂粒《すなつぶ》くらいしかなく、それが人間の目にはいると、その人はなんでもさかさまに見たり、ものごとの悪いところだけを見たりするようになるからだ。鏡《かがみ》はどんなに小さな破片《はへん》になっても、もともと持っていた力はけっして小さくならなかったのだ。

そのかけらが心臓《しんぞう》にはいりこんでしまったひとは、心が氷のかたまりのようになった。

大きいものはひろわれて窓《まど》ガラスになったりしたが、それを通してむこうを見ると、とんでもないことになった。

メガネになったかけらもある。そんなメガネをかけたがさいご、人々はものをまともに見ることも、ものごとを公平に判断《はんだん》することもできなくなった。それを見た悪魔《あくま》は、おなかがいたくなるほどわらいころげた。もう、ゆかいでゆかいでたまらなかったのだ。

そして、小さいガラスのかけらたちは、まだまだ空中をとび回っていた。

Ⅱ 第二のおはなし——男の子と女の子

ある大きな町に、なかよしの男の子と女の子が住んでいた。

ふたりの両親は、どちらも屋根裏部屋《やねうらべや》に住んでいたが、その家はおたがいに向かいあっていて、屋根がほとんどくっついていた。

部屋の窓《まど》も向かい合っていて、どちらの屋根にも雨どいが通っていた。そこでふたりは、ふたつならんだ雨どいをひょいとまたげば、屋根をつたって相手の家と行き来することができた。

ふたりの両親たちは、それぞれの屋根の上に大きい木の箱を置《お》いて、そのなかで野菜《やさい》を育てていた。どちらの箱にも、小さなバラの木が植わっていて、どちらもみごとに花を咲《さ》かせていた。

子どもたちは、ときどきこのバラの木の下にちょこんとすわって、楽しくあそんだ。

冬になるとそういう楽しみはなくなり、ふたつの窓《まど》もすっかりこおりついてしまう。そんなとき、子どもたちは銅貨《どうか》をストーブの上であたため、それをくもった窓《まど》ガラスに当てる。すると、そこはたちまちすてきなのぞき穴《あな》になり、おたがいにまんまるい目でガラスごしに見つめあうのだった。

男の子の名前はカイ、女の子の名前はゲルダといった。

夏の間は屋根をつたって、ひとっとびでおたがいのところに行かれたのに、冬になるとたくさんの階段《かいだん》をおりて、それからたくさんの階段《かいだん》をのぼらなければならなかった。外は白い雪がしきりと降《ふ》っていたからだ。

「あれはね、ほんとうは白いミツバチなんだよ」

下の家のおばあさんが教えてくれた。

「白いハチの女王さまは、いちばん大きくて、地上でじっとしていることなんかなくて、冬の夜には町の通りをとび回って、あちこちの窓《まど》からなかをのぞきこむ。そうすると、窓《まど》はたちまちこおりついて、まるで白い花が咲《さ》いたみたいになるのさ」

「ああ、そういうの、見たことある！」

子どもたちは、そのはなしがほんとうであることがわかってうなずいた。

「ねえ、その女王さまは部屋のなかまで入ってくるのかなあ」

ゲルダがきいた。

「来たらいいさ」

カイがとくいそうにいった。

「そしたらぼく、そいつをつかまえてストーブにのっけてやるよ。そしたら、きっととけちゃうだろうな」

おばあさんは、わらってカイの髪《かみ》の毛をなでてやった。

❄

その日の夕方、小さなカイは服をぬぎかけたまま、窓際《まどぎわ》の椅子《いす》にのぼり、あの小さなのぞき穴《あな》から外をながめていた。

空から雪が舞《ま》いおりていたが、そのうち、いちばん大きなものが屋根の上の箱のへりにとまった。

そのひとひらの雪は、みるみるうちに大きくなったかと思うと、さいごにりっぱな女の人のすがたになった。身にまとっているのは白い紗《しゃ》のドレスで、まるで星のような雪のひらを何百万も集めてできているようだった。

その女の人は、とてもうつくしくて上品に見えたけれど、からだは氷でできていた。目もくらむような、かがやく氷でできていたけれど、それでも生きているように動いている。

その目はふたつの星のようにつめたく光りながらこちらをじっと見つめていたけれど、そのひとみのなかには、なんの感情《かんじょう》も読みとれなかった。

女の人は、こちらにむかってうなずきながら手をふった。

カイはぎょっとして椅子《いす》からとびおりた。そのとき、なにか大きな鳥が、窓《まど》のそばをとんでいったような気がした。

❄

その次の日は雪がやんで、いてつくような冬晴れとなった。やがて雪どけとなり、春がきた。太陽がかがやき、緑の芽《め》がいぶき、ツバメたちが巣《す》をつくった。

そして、ふたりの子どもたちもまた、屋根の上の高いところにある小さな庭であそぶようになった。

バラの花は、その夏、これ以上《いじょう》ないほどみごとに咲《さ》きほこった。

ゲルダは讃美歌《さんびか》をひとつおぼえていたが、その歌のなかにはバラが出てきて、そこにくるとゲルダは歌いながら、かならず自分の家の箱のバラのことを思うのだった。

ゲルダはカイにその歌を歌ってやり、カイもいっしょに歌った。

バラの花　かおる谷間に
おわします　おさなご　イエス

そして、ふたりは手をとりあってバラの花にキスをし、まるでそこにおさなごイエスさまがいるかのように、花にむかってはなしかけた。

なんとしあわせな夏の日々だったことだろう！

バラは永遠《えいえん》に咲《さ》きつづけるかのように見えた。


カイとゲルダは、ならんですわって、動物や鳥の絵本を見ていたが、教会の鐘《かね》がちょうど五時を打ったときに、とつぜんカイがさけんだ。

「あっ、痛《いた》い！　いま、胸《むね》がちくっとした！　あっ、こんどはなにかが目に入ったみたい！」

ゲルダはいそいでカイを抱《だ》きよせた。カイは目をぱちぱちさせたけれど、なにも出てこなかった。

「きっと、もう、出ていっちゃったのさ」

カイはそういったけれど、じっさいは出ていったわけではなかった。

それはほかでもない、あの鏡《かがみ》、つまり悪魔《あくま》の鏡《かがみ》からとび散《ち》ったガラスの破片《はへん》のひとつだったのだ。

かわいそうに、カイの心臓《しんぞう》にも、その破片《はへん》がひとつ入ってしまった。じきにカイの心は氷のかたまりになってしまうことだろう。けれども、そのときはもう痛《いた》みもなく、カイはなにも感じていなかった。

「ゲルダ、なにを泣《な》いてるんだい？」カイはいじわるくいった。

「そんなみっともない顔をして。ぼくはもうなんともないのにさ」

それから、急に大声でさけびだした。

「このバラは虫に食われてるぞ！　それに、あっちのバラはねじ曲がってる。いやらしい花だなあ。この箱もきたならしい」

カイはそういって、箱を思いきりけっとばし、それからバラの花をふたつむしり取った。

「カイちゃん、なにをするの！」

ゲルダのびっくりした顔を見ると、カイはさらにもうひとつバラの花をちぎり取り、それから小さなゲルダを置《お》きざりにして、自分の家に入ってしまった。

❄

カイはあそび方も、それまでとはすっかりちがってしまった。

ゲルダが絵本を持ってカイの家に行くと、

「そんなあかんぼうが見るようなもの、持ってくるなよ」

といい、下の家のおばあさんがおはなしをしてくれると、ひっきりなしに「だって」「だって」といってじゃまをしたあげく、うしろにまわって口まねをしたりした。

また冬がめぐってくると、カイは大きい凸《とつ》レンズを持ってきて、自分の青い上着のすそを広げ、その上で雪を受け止めた。

「ほら、レンズをのぞいてごらん」

カイにそういわれてゲルダがのぞいてみると、雪はレンズのおかげでぐっと大きく見え、うつくしい花か六角形の星のようなかたちをしていることがわかった。

「すごいだろ」 カイはとくいそうにいった。

「ほんものの花なんかよりよっぽどすばらしいじゃないか。完全にかんぺきなかたちをしてる。ああ、これが永遠《えいえん》にとけなければいいのに」

そのあとカイは大きな手袋《てぶくろ》をはめ、自分のそりを肩《かた》にかついだ。そして、ゲルダの耳もとで、どなるような大声を出した。

「ぼくは、広場でそりあそびしてもいい、っていわれたのさ」

そういって、カイは広場に行ってしまった。

広場では大きな男の子たちが、自分のそりをおとなの馬車や車にむすびつけて走らせていた。カイがそのなかにまじってあそんでいると、見たことのない大きなそりが一台やってきた。

そのそりは真っ白くぬられていて、なかには白い毛皮を着て白い毛のぼうしをかぶった人がすわっていた。カイは、すばやくそのそりに自分のそりをむすびつけた。

するとそりはすごい速さですべりはじめ、たちまち通りに出て行った。そして、そりのなかの人がふりむいて、カイにむかって親しげにうなずいた。そりはどんどん速くなり、カイがこわくなって自分のそりをほどこうとすると、そのたびに白いそりの人がふりむいてうなずきかけた。そうすると、カイはまたおとなしくすわったままになるのだった。

やがて白いそりとカイのそりは町の門を走り出た。すると、目の前がうずまく白い雪でいっぱいになり、カイは自分の手も見えなくなった。それでもそりは速さをゆるめず走りつづける。カイはおそろしさのあまり大声をあげたけれど、だれの耳にも届《とど》かないようだった。

カイは必死《ひっし》で「主《しゅ》の祈《いの》り」をとなえようとしたが、思い出せるのは大きな九九の表だけだった。

舞《ま》いおどる雪はだんだん大きくなり、ついには大きな白いニワトリたちになった。そして、とつぜんそれがぱっと両わきにとびのいたように見えたかと思うと、そりは止まり、白いそりのなかの人が立ち上がった。

カイが目をあげて見ると、その毛皮もぼうしも雪でできていることがわかった。それはとても背《せ》の高い、かがやくようにうつくしい女の人――雪の女王だった。

「ずいぶんよく走ったこと！」

雪の女王はそうつぶやき、ふと、カイのほうを見下ろした。

「おや、こごえているんだね。わたしのシロクマの毛皮のなかにおはいりなさいな」

そういって、雪の女王はカイを自分のそりに乗せると、となりにすわらせ、毛皮をかけてくれた。けれども、それはまるで雪だまりにはまったかのようで、ちっともあたたかくはなかった。

「まだこごえているのかい？」女王はそういってカイのひたいにキスをした。

そのキスは氷よりもつめたく、カイは心臓《しんぞう》がとまってしまうのではないかと思った。けれどもそれもつかのまのことで、すぐに気もちがよくなり、寒さもつめたさも感じなくなった。

「ぼくのそり！　ぼくのそりをおいていかないで！」

カイがまっさきにいったのはそのことだった。

すると、カイの小さなそりは白いニワトリの一羽にむすびつけられ、そのニワトリはカイのそりをせなかに乗せてついてきた。

雪の女王はもういちどカイにキスをした。するとカイは、小さいゲルダのことも、おばあさんのことも、自分の家族のことも、すっかりわすれてしまった。

「もうこれ以上《いじょう》キスはしないよ」女王はいった。

「こんどキスをしたら、おまえは死んでしまうからね」

カイは雪の女王をじっくりとながめた。女王はほんとうにうつくしく、これほどまでにかしこそうで、愛《あい》らしい顔はないように思えた。

いまでは、カイの目には、女王が雪でできているようには見えなかった。あのとき窓《まど》の外から手をふった、ぞっとするような氷の目の人ではなく、ちっともこわくない、やさしいふつうの人間に見えるようになった。

そこでカイは女王に、「ぼく、暗算できるよ」「分数つきの暗算だってできるよ」「国の広さや人口だって知ってるんだよ」などとはなしかけた。

そのたびに女王はにこっとわらってくれた。するとカイは、まだまだ自分の知っていることが足《た》りない気がして大空をあおいだ。

雪の女王はカイを連《つ》れて、空高く、黒い雲の上までとんで行った。すると、嵐《あらし》が吹《ふ》き荒《あ》れ、古い歌をきかせるようにごうごうと音を立てた。

ふたりは森や湖をこえ、海や山をこえてとんで行った。下のほうではつめたい風がびゅうびゅううなり、オオカミたちが吠《ほ》え、白い雪の上を黒いカラスが鳴きながらとび回っていた。

でも、上のほうでは月が大きく明るくかがやいていて、カイは長い冬の夜のあいだ、ずっとその月をながめていた。そして昼には雪の女王の足元で眠《ねむ》った。

Ⅲ 第三のおはなし——魔法《まほう》をつかえるおばあさんの花園

ところで、カイがいなくなってから、小さいゲルダはどうなっただろう。カイがどこへ行ったかはだれにもわからず、ゲルダに教えてあげられる人はいなかった。

広場にいた男の子たちがいうのは、カイが自分の小さなそりを、すてきな大きいそりにむすびつけ、町を出て行ったということだけだった。たくさんの人々が涙《なみだ》をながした。カイはきっと、町のすぐそばを流れる川に落ちて死んだのだろうということになったのだ。小さなゲルダはひどく悲しみ、いつまでも泣《な》きつづけた。

その冬のあいだじゅうは、一日一日がほんとうに長く、くらかった。

そして、いつしか春がめぐってきた。

あたたかい日の光がさしてくると、小さいゲルダはおひさまにむかっていった。

「カイちゃんは死んで、いなくなってしまったの」

「わたしはそうは思わないよ」おひさまがいった。

「カイちゃんは死んで、いなくなってしまったわ」

小さいゲルダは、ツバメたちにいった。するとツバメたちは、

「ぼくたちはそうは思わないな！」

といった。しまいには、小さなゲルダも、カイが死んだとは思わなくなった。

「あたし、新しい赤い靴《くつ》をはくことにしようっと」

ある朝、ゲルダはそうつぶやいた。

「あの靴《くつ》、カイちゃんに見せたことあったかしら。川に行ってきいてみよう」

まだ朝早い時間だったので、ゲルダは眠《ねむ》っているおばあさんにそっとキスをすると、赤い靴《くつ》をはき、たったひとりで町の門を出て、川のところまで行った。

「川さん、川さん、あなたがわたしのなかよしの男の子をとってしまったって、ほんとなの？　もしあなたがその子を返してくれるなら、あたし、この赤い靴《くつ》をあげるわ！」

するると、川の波がうなずいたような気がした。そこでゲルダはだいじな赤い靴《くつ》をぬいで、それを両方とも川のなかにほうりこんだ。

けれども靴《くつ》は川岸《かわぎし》のすぐそばに落ち、小さい波たちがそれをゲルダのいる岸辺《きしべ》まで運んできた。川はカイをとってしまったわけではないので、ゲルダのだいじなものを受けとるわけにはいかなかったのだ。

ところが、ゲルダのほうはそうは思わず、靴《くつ》のほうり方が足《た》りなかったのだと思った。そこでゲルダは葦《あし》のあいだにうかんでいた一そうの舟《ふね》に乗り、その先端《せんたん》まで行くと、身を乗り出して靴《くつ》を川のなかにほうりなげた。

ところがこの舟《ふね》はしっかりつながれていなかったので、ゲルダが動いたはずみで岸からはなれ、すーっと川のなかにすべり出してしまった。

小さいゲルダはこわくなって、わっと泣《な》き出した。ところが、その泣《な》き声をきいたのはスズメたちだけだった。

スズメたちは、ゲルダのまわりをとび回って、

「わたしたちがついているわよ！」

となぐさめの歌を歌ったけれど、舟《ふね》はどんどん川を下って行った。ゲルダは舟《ふね》のなかでじっとしているしかなかった。

岸辺《きしべ》のけしきはうつくしいけれど、人っ子ひとりすがたは見えない。

「もしかしたら、この川は、あたしをカイちゃんのところに連《つ》れて行ってくれるのかもしれないわ」

そう思うと、少しは気もちが晴れて、ゲルダは舟《ふね》のなかで立ち上がり、きれいなけしきをながめはじめた。

そうこうするうち、大きなサクラの園があるところにさしかかった。そこには小さな家が一軒《いっけん》あって、赤や青のおかしな窓《まど》がついている。

ゲルダは大きな声でよびかけてみた。

すると、家のなかから、それはそれは年とったおばあさんが、柄《え》のまがった杖《つえ》によりかかりながら出てきた。おばあさんは、大きな日よけのぼうしをかぶっていて、そのぼうしにはきれいな色とりどりの花の絵が描《えが》いてある。

「まあまあ、かわいそうに！」おばあさんはゲルダを見るなりいった。

「こんなに急な流れに乗って、よくもまあ、こんなところまでひとりでやってきたものだねえ」

おばあさんは、水のなかまではいってきて、柄《え》のまがった杖《つえ》を舟《ふね》にひっかけてひきよせ、ゲルダを岸にあがらせてくれた。

「さてさて、あんたはどこの子で、どうやってここに来たのかきかせておくれ」

そういわれて、ゲルダはいままでのことを、なにからなにまですっかりはなした。おばあさんは首をふりながら、「ふむ、ふむ」ときいていた。

はなしおわるとゲルダは、

「もしかして、そのカイちゃんらしい男の子を見かけたりしていませんか？」

ときいてみた。

おばあさんは、ちょっと首をかしげた。

「そういう子はまだ来てないねえ。でも、きっとそのうち来るだろうよ。まあ、おまえさんは悲しんだりしないで、わたしのうちのサクランボを食べたり、花をながめたりしていなさい。うちの花たちはどんな絵本の絵よりもきれいだし、どの花もひとつずつおはなしを知っていて、はなしてきかせることができるんだよ」

そういうと、おばあさんは金のくしでゲルダの髪《かみ》をとかしてくれた。すると髪《かみ》の毛はゲルダの愛《あい》らしい顔のまわりでうつくしく金色に波打った。

「こんなかわいい小さな女の子が、ほしくてたまらなかったのさ」

おばあさんはうっとりとした顔でそういった。

「まあ、見ておいで。わたしたちふたりは、きっとうまくいくにちがいないよ」

こうして、おばあさんが小さいゲルダの髪《かみ》をとかしつづけているうちに、ゲルダはしだいになかよしのカイのことをわすれていった。

じつは、このおばあさんは魔法《まほう》つかいだったのだ。といっても、悪い魔法《まほう》つかいというわけではない。自分の楽しみのためにちょっとした魔法《まほう》をつかうだけのことだった。そしていまは、小さいゲルダをずっと自分の手もとに置《お》いておきたいと思っていた。

おばあさんは庭に出て行くと、柄《え》のまがったあの杖《つえ》を、庭じゅうのバラのしげみにむけてさしのべた。すると、バラというバラはみな黒い土の下にしずんでしまい、どこにあったのかもわからなくなった。

おばあさんは、ゲルダがバラを見たら、自分の家の小さな庭やカイのことを思い出して、ここから逃《に》げ出すのではないかと心配になったのだ。

それからおばあさんはゲルダを連《つ》れて花園に行った。すばらしい香《かお》りのするうつくしい花園！　どんな絵本でもこれほど色とりどりのうつくしい花は見られないだろう。

ゲルダはおおよろこびではねまわり、日がしずむまでサクラの木の下であそんだ。夜はきれいなベッドにはいって、青いスミレの花をつめた赤い絹《きぬ》のふとんをかけて眠《ねむ》り、婚礼《こんれい》の夜の女王さまが見るような楽しい夢《ゆめ》を見た。

こうしてたくさんの日々がすぎ、ゲルダは庭じゅうの花をおぼえた。

けれども、どんなにたくさんの花があっても、なにかひとつ足りない気がしていた。それでも、それがなんの花なのかはわからないのだった。

❄

ある日のこと、ゲルダはおばあさんの大きな日よけのぼうしをながめていた。そのぼうしにはいろいろの花が描《えが》かれていたが、なかでもいちばんうつくしいのはひとつのバラの花だった。

おばあさんは、ほんもののバラはすべて土の下にしずめてしまったのに、ぼうしのバラを消すのはわすれていたのだ。

「わかった！」　ゲルダはさけんだ。

「ここには、バラがないんだわ！」

そして花園にとびこみ、さがしにさがしたものの、バラは一本も見つからない。

とうとうゲルダはすわりこんで泣《な》き出した。

するとその熱《あつ》い涙《なみだ》は、ちょうど一本のバラがしずんでいる場所にこぼれ落ちた。

そして、あたたかい涙《なみだ》が土をしめらせたとたん、土の下にあったバラがぐんぐんのびはじめ、しずむ前とおなじようにみごとな花をさかせた。

ゲルダは、その花にキスをすると、とたんに家のうつくしいバラと、小さいカイのことを思い出した。

「あたしったら、いったいどうしてこんなにぐずぐずしていたんだろう！　あたし、カイちゃんをさがしに来てたのに！

ねえ、あなたたち、カイちゃんがどこにいるか知ってる？」

ゲルダはバラの花にきいた。

「カイちゃんは死んで、いなくなってしまったと思う？」

「死んではいませんよ」バラの花がこたえた。

「わたしたちは、いままで土の下にいました。あそこには死んだ人がみんないるの。でも、カイはいませんでした」

「どうもありがとう！」

ゲルダは、ほかの花たちのところにも行ってたずねてまわった。

「あなたたち、カイちゃんがどこにいるか知らない？」

でも、どの花も、おひさまの光をあびてうつらうつらしながら、自分が知っているおはなしをするだけだった。

ゲルダは、自分たちの家のおばあさんのことを思い出してためいきをついた。

「下の家のおばあさんは、カイちゃんがいなくなったときとおなじくらい、あたしがいなくなって悲しんでるにちがいない。でも、きっと帰るからね。カイちゃんを連《つ》れて」

ゲルダはそういって、庭のはずれまで走って行った。そこの戸にはさびた錠《じょう》がかかっていたけれど、ゲルダがはずすと戸はぱっとひらいた。

ゲルダは、はだしのまま、広い世のなかにかけだして行った。うしろを三度ふりかえったけれど、追いかけてくるものはいなかった。

そのうちゲルダはとうとう走れなくなったので、道ばたの大きな石に腰《こし》をおろした。そこであたりをながめると、もう夏はとっくにすぎ去って、秋のおわりになっていた。

あのうつくしい花園では、いつもおひさまの光がかがやいていて四季《しき》の花が咲《さ》き乱れていたから、時の流れにはまったく気づいていなかったのだ。

「たいへん！　もう秋になってる！」

ゲルダは、休んではいられない、とまた歩きはじめた。

ゲルダの小さい足は、たちまちくたびれて痛《いた》くなった。

あたりは寒々として荒《あ》れ果《は》てている。この広い世のなかは、ただただ灰色《はいいろ》で重苦しいものだった。

Ⅳ 第四のおはなし――王子と王女

ゲルダはまた一休みすることにした。

すると、ゲルダが腰《こし》をおろしたところの、まむかいの雪の上で、大きなカラスが一羽、ぴょんぴょんととびはねていた。

そのカラスは、立ち止まってじっと長いことゲルダのことを見つめ、頭をふっていたが、それからようやく口をひらいた。

「カー、カー、こんちは、こんちは！」

どうやら、それよりうまくははなせないらしい。

それでもカラスは、この小さい女の子が気に入ったので、なんとか「この広い世のなかを、ひとりぼっちでどこに行くの？」ときいた。

そこで、ゲルダはいままでの自分のことをすっかりカラスにはなし、さいごに、

「カイちゃんを見かけなかった？」

ときいた。

するとカラスは、なんと重々しくうなずいていったのだ。

「あれかもしれない！　あれかもしれない！」

「えっ、ほんと!?」ゲルダはカラスをおしつぶしそうなくらい抱《だ》きしめた。

「おちついて！　おちついて！」カラスは羽をばたばたさせた。

「ぼくはおもう、しる、おもう、あれがカイちゃんかも。でも、いまはおうじよさまにむちゅうで、きっと、きみ、わすれてる」

「え、カイちゃんは王女さまのところにいるの？」

「うん、きみ、きく」カラスはいった。

「でも、にんげんのことばでしゃべる、むずかしい。きみ、カラス語わかれば、

いい」

「それは無理《むり》よ。習ってないもの」ゲルダはざんねんそうにいった。

「下の家のおばあさんならわかるかもしれないけど。へんてこ語だってしゃべれるんだもの」

「いや、だいじょぶ」カラスはいった。「がんばって、しゃべる。へただけど」

そういって、カラスは自分の知っていることを、なんとか人間のことばではなしてくれた。それはこんな内容《ないよう》だった。


ぼくたちがいまいるこの国には、王女さまがひとりいるんだ。この王女さまはものすごくりこうで、世界中の新聞をぜんぶ読んで、それをすぐにぜんぶわすれるくらいりこうなんだよ。

この王女さまは、さいきん結婚《けっこん》しようという気になった。

でも、王女さまが夫《おっと》にしたいのは、だれかにはなしかけられたら、ちゃんと返事ができる人であって、ただ気取って、立っているだけの人はいやだった。そんな人、いっしょにいてもたいくつなだけだものね。

あっ、ぼくのいうことは信《しん》じてくれていいからね。ぼくは人間に慣《な》れてるし、なんといっても、ぼくのいいなずけがお城《しろ》のなかを自由に歩き回って、見てきたことを、ぜんぶぼくにはなしてくれるのさ。

もちろん、この「いいなずけ」もカラスだった。カラスの相手はいつもカラスだからだ。

さて、さっそく王女さまの頭文字《かしらもじ》で飾《かざ》られた新聞が発行された。そこには、こんなことが書かれていた。

年ごろの若者《わかもの》なら、だれでも自由にお城《しろ》にきて王女さまとおはなしができます。そして、なかでもほんとうに気楽にはなせて、いちばんはなしのじょうずな人が王女さまのお婿《むこ》さんになれます。

さあ、その日からたくさんの若者《わかもの》がお城《しろ》につめかけて、おしあいへしあいになった。なのに、最初《さいしょ》の日もつぎの日も、うまくやれるものはいなかった。みんな、お城《しろ》の外でならいくらでもしゃべれるんだよ。ところが一歩お城《しろ》の門をくぐって、銀色にかがやく番兵《ばんぺい》だの金色にかがやく従僕《じゅうぼく》だのを見たあとで大広間に通されたら、もうそれだけでみんなぼーっとなってしまうんだ。外へ出るとまたいくらでもしゃべれるようになるというのにね。

それでも、まだまだお城《しろ》に来る若者《わかもの》の列は町の門までつづいていた。ぼくはそれを見に行ったんだよ。

「それで、カイは？　カイちゃんは来たの？」　ゲルダはせっついてきいた。

「いつ来たの？　そのおおぜいのなかにいたの？」

まあ、お待ちよ。もうすぐその子のはなしになるからさ。

あれは三日目のことだった。

ひとりの小さい男の子が、馬にも車にも乗らないで、元気よくお城《しろ》めざしてとことこと歩いてきたんだよ。

その子の目は、きみの目のようにかがやいていて、きれいな長い髪《かみ》の毛をしていた。服はみすぼらしかったけどね。

「それがカイちゃんよ！」ゲルダは、おおよろこびでさけんだ。

「ああ、これでやっと見つかったわ！」

「そのこ、ちっさいランドセル、しょってた」カラスがいった。

「いいえ、それはきっとそりよ。だって、そりに乗っていなくなったんだもの」

そうかもしれない。ぼくはちゃんと見たわけじゃないからね。

ところで、ぼくのいいなずけにきいたはなしによると、その子はお城《しろ》の門をくぐって、銀色にかがやく番兵《ばんぺい》を見ても、金色にかがやく従僕《じゅうぼく》を見ても、ちっともおじけづいたりしなかった。

それどころか、その子の靴《くつ》がおそろしく大きな音でキュッキュッと鳴っても、その子はまゆひとつ動かさなかったそうだよ。

「それは、まちがいなくカイちゃんだわ!」ゲルダはいった。

「だって、カイちゃんは新しい靴《くつ》を持ってたんだもの。その靴《くつ》が、下のおばあさんの部屋でキュッキュッと鳴るのをきいたことがあるわ!」

そう、キュッキュッと鳴ったんだよ。

でも、そのあと、その子は元気よく王女さまのところに歩いていった。王女さまは、糸車ほどもある真珠《しんじゅ》の椅子《いす》に腰《こし》かけていて、そのまわりには女官《にょかん》や家来や貴族《きぞく》たちがずらりと並んでいた。

「まあ、それはさぞかしこわかったことでしょうね」ゲルダは心配そうにいった。「それで、カイちゃんは王女さまと結婚《けっこん》したの？」

その子は、元気がよくてかわいい子だった。お城《しろ》に来たのは、結婚《けっこん》を申し込《こ》むためじゃなくて、王女さまのかしこいことばをきいてみたいと思ったからだそうだよ。

でも、男の子は王女さまが好《す》きになり、王女さまも、そのりこうな男の子を好《す》きになったんだ。

「たしかに、それはカイちゃんだわ！」ゲルダがいった。

「カイちゃんはとてもりこうなの。分数つきの暗算だってできるのよ。ねえ、カラスさん、あたしをお城《しろ》のなかにつれていってくれない？」

そうだな。口でいうのはやさしいけど、それほどかんたんなことじゃないよ。どうしたらいいかな。ぼく、いいなずけに相談してみるよ。いい知恵《ちえ》があるかもしれないから。

きみみたいな小さな女の子は、ぜったいにお城《しろ》に入れてはもらえないんだけどね。

「いいえ、あたしはだいじょうぶよ」ゲルダはいった。

「あたしがここに来てるってわかれば、カイちゃんがすぐに出てきて、なかに入れてくれるもの」

「じゃあ、あそこ、いけがきのとこで、まってて」

カラスはそういって、とんで行った。

そして、あたりがくらくなるころになって、ようやくもどってきた。

なかなかいいぞ！　ぼくのいいなずけが、くれぐれもきみによろしくってさ。ただ、きみがカイくんにお城《しろ》に入れてもらうっていうのは、やっぱりできっこないよ。銀色にかがやく番兵《ばんぺい》や、金色にかがやく従僕《じゅうぼく》がゆるしてくれっこないからね。

でも、泣《な》かなくていいよ。ちゃんとお城《しろ》に連《つ》れていってあげるから。じつは、ぼくのいいなずけは、寝室《しんしつ》に通《つう》じる小さな裏階段《うらかいだん》を知ってるし、この鍵《かぎ》のありかも知ってるんだ。

そこでゲルダとカラスは、お城《しろ》の庭に入り、大きな並木道《なみきみち》を通って行った。木の葉が一枚《いちまい》、また一枚《いちまい》と散《ち》っていく。

やがて、お城《しろ》の明かりが一つ、また一つと消えていったころ、カラスはゲルダを小さな裏口《うらぐち》に連《つ》れて行った。そこは半分戸があいていた。

ゲルダとカラスは階段《かいだん》をのぼっていった。小さいランプがひとつ、棚《たな》の上で光っている。床《ゆか》のまんなかには、おしとやかなカラスがいて、頭を四方八方にまわしながらゲルダのことをながめていた。ゲルダは、下の家のおばあさんに教わったとおりにちゃんとおじぎをした。

「わたくしのいいなずけが、あなたのことをたいそうほめておりましたよ、おじょうちゃん」

おしとやかなカラスがいった。

「それにあなたの身の上ばなしにもほろりとしましたよ。あ、そのランプをお持ちくださいな。わたくしが先に立ってご案内《あんない》しますからね。まっすぐまいりましょう。ここならだれにも会う心配がないですから」

「あの、あたし、だれかがついて来ているような気がしているんですけど」

ゲルダが不安《ふあん》そうにいった。

たしかに、そのわきをシューっと通りすぎたものがあったのだ。それは壁《かべ》にうつる影《かげ》のような姿《すがた》で、たてがみをなびかせる馬や、狩人《かりゅうど》の若者《わかもの》たち、馬に乗った紳士《しんし》や貴婦人《きふじん》たちだった。

「なあに、あれはただの夢《ゆめ》たちですよ」おしとやかなカラスがいった。「あのものたちは、ご主人の気もちを狩りに向けようとして、ああしてやってきているのです。ちょうどよかったですわ。これならなおさら、あなたはベッドにいるおふたりをよくごらんになれますもの。ところで、あなたもいつかりっぱなご身分になられたら、わたくしたちへのお礼をわすれないでくださいませね」

「そんなこと、いうもんじゃや、ないよ」

森から来たカラスがたしなめた。

さて、そうこうするうち、一行は最初《さいしょ》の広間に着いた。

ここの壁《かべ》には、みごとな花模様《はなもよう》のあるバラ色の繻子《しゅす》が、ずっと上のほうまではりめぐらされていた。

ここでも夢《ゆめ》たちが走りまわっていたが、それがあまりにもめまぐるしく動くので、そのすがたをちゃんととらえることはむずかしかった。

広間は、つぎからつぎへとうつっていくごとに、ますますすばらしく豪華《ごうか》になっていった。

これでは人々がぼーっとなってしまうのもむりはない。

そして、みんなはいよいよ寝室《しんしつ》に着いた。ここの天井《てんじょう》は、大きなガラスのシュロ〔ヤシ科植物の種類のひとつ〕が葉を広げているかのようだった。そして、床《ゆか》のまんなかに立っている太い茎《くき》のような金の柱には、ユリの花のように見えるベッドがふたつ、ぶら下がっていた。

ふたつのベッドのうちのひとつは白くて、そこに王女が眠《ねむ》っていた。

もうひとつの赤いベッドには、王子になったカイがいるにちがいなかった。

ゲルダが赤い花びらのひとつをどけてなかを見ると、茶色く日焼《ひや》けした首すじが見えた。カイだ！

ゲルダはむちゅうでカイの名をよびながら、ランプの光をかざした。

そのとき、夢《ゆめ》たちが馬に乗っていきおいよくやってきたので、王子は目をさまし、こちらに顔を向けた。

その顔は——カイではなかった。

王子もまた若《わか》くてうつくしい人だったが、王子とカイが似《に》ているのは、首すじだけだった。

ゲルダが思わず泣《な》き出すと、白いユリのベッドにいた王女が目をさまし、

「どうしたの？」

ときいてくれた。ゲルダは泣《な》きながらいままでのことぜんぶと、カラスとそのいいなずけがしてくれたことをはなした。

「かわいそうに！」

王子と王女は口をそろえていった。それからふたりはカラスたちをほめ、ごほうびをやることにした。

王子は自分のベッドから出て、そこにゲルダを寝《ね》かせてくれた。

これはたいへんありがたいことで、ゲルダは「人も動物も、なんて親切なんでしょう」と思った。

それから目をとじて、あっというまに安らかな眠《ねむ》りに落ちていった。

あくる日、ゲルダは上から下まで絹《きぬ》とビロードの服を着せてもらい、このままずっとこのお城《しろ》で暮《くら》らすようにとすすめられた。

けれどもゲルダは、できたら小さい馬車を一台と、それを引く馬一頭と、小さい長靴《ながぐつ》を一足いただけますか、とお願いした。その馬車で、また広い世のなかへ出て行って、カイをさがしたいのだ、と。

王子と王女は、金の馬車と馬と長靴《ながぐつ》のほかに、手をあたためるための上等なマフもくれた。こうして、ゲルダの身じたくはすべてととのった。

王子と王女は、わざわざゲルダを馬車に乗せる手伝《てつだ》いをして、無事《ぶじ》としあわせを祈《いの》ってくれた。

森のカラスと、いいなずけのおしとやかなカラスもいっしょに見送ってくれた。

「さようなら！　さようなら！」

ゲルダは泣《な》きながら、わかれをつげた。

森のカラスは、一本の木にとびあがると、馬車が見えなくなるまで黒いつばさをはばたかせていた。

Ｖ 第五のおはなし――小さな山賊《さんぞく》の娘《むすめ》

金の馬車はくらい森を通りぬけていこうとしたが、その光を見逃《みのが》さなかったのは山賊《さんぞく》たちだった。

「金《きん》だぞ！　金《きん》の馬車だ！」

山賊《さんぞく》たちはそうさけんで馬車の前におどりでると、馬をつかまえ、ゲルダを馬車からひきずりだした。

「おや、ふとってかわいい子どもじゃないか。さぞかしおいしいことだろうよ」

山賊《さんぞく》のばあさんが出てきていった。このばあさんは、長いかたいひげをはやしていて、そのまゆ毛は目の前までぶらさがっていた。

「こいつは、まるまるした子羊のようにいいえものだねえ。さて、どんな味がすることやら」

ばあさんはそういって、よくといだ小刀をさやからぬいた。それはぞっとするほど黒光りしていた。

ところが、その小刀をふりあげた瞬間《しゅんかん》、ばあさんは、

「あっ、痛《いた》い！」

と声をあげた。

小さい自分の娘《むすめ》に耳をかまれたのだ。その娘《むすめ》は、ばあさんのせなかにおぶわれ

ていたのだが、まったくいうことをきかないあばれんぼうだった。

「この子はあたしとあそぶんだよ！」　山賊《さんぞく》の娘《むすめ》はいった。

「この子は、あたしにあったかいマフときれいな服をくれて、それからあたしのねどこでいっしょに寝《ね》るのさ！」

そういって、山賊娘《さんぞくむすめ》はまたばあさんにかみついたものだから、ばあさんは高くはねあがってくるくるまわった。

ほかの山賊《さんぞく》たちはそれを見て、どっとわらった。

「あたし、あの馬車に乗るんだからね！」

山賊娘《さんぞくむすめ》は、いいはった。この子はやたらにあまやかされ、わがままに育っていたので、だれもこの子にはさからえないのだった。

やりたい放題の娘《むすめ》は、ゲルダといっしょに金の馬車に乗り込《こ》むと、森の奥《おく》へ奥《おく》へと走らせた。山賊娘《さんぞくむすめ》は、大きさはゲルダと同じくらいだったが、ゲルダよりずっと力が強く、かたはばも広く、浅黒《あさぐろ》い肌《はだ》をしていた。ひとみは真っ黒で、なんだか悲しそうにも見えた。

娘《むすめ》は、ゲルダのからだを抱《だ》いていった。

「あたしをおこらせないかぎり、だれにもあんたを殺《ころ》させやしないよ。あんた、どこかの王女さまなんだろ?」

「いいえ」

ゲルダは小さい声でいった。それから、いままでにあったことすべてと、自分がどんなにカイのことを心配しているかを、この山賊《さんぞく》の娘《むすめ》にはなした。

娘《むすめ》は、しばらくまじめな顔でゲルダを見つめていたが、やがていった。

「あんたがあたしをおこらせたとしても、やっぱりほかのだれにもあんたを殺《ころ》させたりしないよ。もしそうなったら、あたしが自分でやるからね」

そういうと、娘《むすめ》はゲルダの涙《なみだ》をふいてやり、両手をマフに入れてやった。

やがて馬車は山賊《さんぞく》の白の中庭にとまった。庭には人間ものみこめそうな大きなブルドッグたちがとびはねていた。

すすけた大広間では、石の床《ゆか》のまんなかでさかんに火が燃えていて、部屋中が煙《けむり》だらけになっている。大きな釜《かま》のなかに汁《しる》が煮《に》えたち、串《くし》にささった野ウサギやら、家ウサギやらが火の上でくるくるまわっていた。

「あんたは今夜、あたしといっしょに、動物たちのそばで寝《ね》るんだよ」

山賊《さんぞく》の娘《むすめ》がいい、ふたりは食べたり飲んだりしてから、部屋のかたすみに行った。そこにはふとんがしいてあり、上のほうの横木には百羽ほどのハトがとまっていた。

「このハトは、みんなあたしのなのさ。でも、あそこの檻《おり》のなかにいる二羽は、森のおたずねものだよ。とじこめておかないと、すぐにとんでいっちまうんだ。それから、ここにいるのが、あたしの古いなじみのベエだよ」

そういって山賊娘がひっぱってきたのは、一頭のトナカイだった。

トナカイのベエは、ピカピカの銅《どう》の輪《わ》を首にはめられてつながれていた。

「こいつも、こうやってつないでおかないと、ここからとびだして行っちまうのさ。毎晩《まいばん》、あたしはするどい山刀《やまがたな》でこいつの首をくすぐってやるんだ。そうすると、とってもこわがるんだよ！」

山賊娘《さんぞくむすめ》は、壁の割《わ》れ目から長い山刀《やまがたな》をとりだして、それでトナカイの首すじをすーっとこすった。かわいそうなトナカイは足をばたつかせた。

娘はわらい声をあげ、それからゲルダを引っぱって行って、いっしょに寝床《ねどこ》にはいった。

「寝《ね》るときも刀をもっているの？」

ゲルダはこわそうに、山刀《やまがたな》をながめながらいった。

「ああ。いつだって刀を持って寝《ね》るよ！」小さい山賊娘《さんぞくむすめ》はいった。

「いつなにが起こるか、わかったもんじゃないからね。

それより、さっきはなしていたカイっていう子のことをもういちど教えてよ。

それに、あんたがどうやってこの広い世のなかに出てきたのかを、くわしくきかせておくれ」

そこでゲルダは、もういちど、はじめからぜんぶいままでのはなしをした。

すると、森のおたずねもののハトたちが檻《おり》のなかでクウクウ鳴いた。

やがて山賊娘《さんぞくむすめ》は山刀《やまがたな》を持ったまま寝《ね》いってしまった。けれどもゲルダは目がさえて眠《ねむ》れなかった。これからいったいどうなるのだろう。生きていられるのだろうか。それとも、殺《ころ》されてしまうのだろうか。

山賊《さんぞく》たちは、火のまわりにすわって歌ったり飲んだりしていた。あの山賊《さんぞく》ばあさんは、とんぼがえりをうっている。ゲルダのような小さい女の子にとっては、まったくぞっとするような光景《こうけい》だった。

そのとき、森のおたずねもののハトたちがいいだした。

「クウ、クウ！　ぼくたちカイちゃんを見たよ。白いニワトリがその子のそりを運んでいて、カイは雪の女王のそりに乗っていた。ぼくたちが巣《す》のなかにいたとき、そのそりが森の上すれすれにとんで行ったんだ。

そのとき、雪の女王が息を吹《ふ》きかけてきたんで、ぼくたち以外はみんな死んじまったのさ。クウ！」

「ほんとうなの!?」

ゲルダは思わず声をあげた。

「その雪の女王って、どこへ行ったの？　あなたたち、なにか知ってる？」

「行った先は、たぶんラップランドだろうね。あそこは一年中、雪と氷にとざされてるんだから。まあ、そこにつながれているトナカイにきいてみるといいさ」

そういわれて、トナカイのベエがいった。

「そう、そう。あそこは雪と氷ばかりのすばらしいところですよ。そこに雪の女王が夏のテントをはるんですが、女王のちゃんとした城《しろ》はもっと北極《ほっきょく》に近いスピッツベルゲンという島にあるんです！」

「ああ、カイ！　カイちゃん！」

ゲルダは大きくためいきをついた。

「ちょっと、静《しず》かにしてよ！」　目をさました山賊娘《さんぞくむすめ》がいった。

「でないと、おなかに刀をぐさりだよ！」

つぎの朝、ゲルダは、森のハトとトナカイのベエにきいたことをすっかり山賊《さんぞく》娘《むすめ》にはなしてきかせた。娘《むすめ》は、にこりともせずにはなしをきいていたが、ききおわると、トナカイのほうに向いていった。

「ふん、どうでもいいけどね。どうでもいいけど……おまえ、ラップランドがどこにあるか知ってるのかい？」

「わたしより、よく知っているものはいないですよ！」　トナカイのベエは目をきらりと光らせた。

「わたしはそこで生まれてそこで育ったんですから！　あの雪原をとびまわっていたんですからね！」

「ねえ、おきき」　山賊娘《さんぞくむすめ》は、こんどはゲルダのほうを向いた。

「ほら、男どもはみんな出かけちまったけど、うちのおっかさんだけはここにのこってる。でも、あの人は朝から酒を飲んで、そのあと眠《ねむ》りこけちまうんだ。そしたら、あんたのためにちょっといいことをやってあげるよ！」

そういうと、娘《むすめ》は寝床《ねどこ》からとび出して行き、山賊《さんぞく》ばあさんのところに行って首に抱《だ》きつき、その口ひげを引っぱりながらいった。

「あたしのかわいいヤギどん、おはよう！」

すると山賊《さんぞく》ばあさんは、娘《むすめ》の鼻をピンピン指ではじいたので、娘《むすめ》の鼻は青やら赤やらになってしまった。けれど、これが山賊《さんぞく》たちのやり方なのだ。

そのうち、ばあさんが酒を飲んで眠《ねむ》りこんでしまうと、山賊娘《さんぞくむすめ》はトナカイのべエのところに行っていった。

「ほんとは、あたしは、これからも何度でも、このするどい山刀《やまがたな》で、おまえの首をこすってやりたいんだけどね。そういうときにこわがるおまえときたら、ほんとにゆかいな見ものなんだもの。

だけどまあ、どうでもいいや。このつなをほどいて、あんたを自由にしてあげるよ。そのかわり、この子を連《つ》れてラップランドまで走って行くんだよ。この女の子はね、雪の女王の城《しろ》にあそび友だちがいるのさ。おまえもきいていただろ？この子はおっきな声でしゃべってたし、おまえはそばで耳をすませていたものね」

ベエは、うれしさのあまり高くジャンプした。山賊娘《さんぞくむすめ》は、ゲルダを抱《だ》きあげると、トナカイの背《せ》にしっかりむすびつけてやった。

「どうでもいいけどね」娘《むすめ》はいった。

「さあ、あんたの毛皮の長靴《ながぐつ》だよ。これからどんどん寒くなるからね。でも、このマフはもらっとくよ。とってもきれいなんだもの。それでも、あんたにつめたい思いはさせないよ。ここに、おっかさんの大きいミトンがある。あんたがはめたらひじまで届《とど》くよ。ほら、はめてみて——ああ、手だけ見てたら、あたしのいやらしいおっかさんみたいだ」

ゲルダは、うれしさのあまりわっと泣《な》きだした。

「めそめそするんじゃないよ」山賊娘《さんぞくむすめ》はぴしゃりといった。

「こういうときは、うれしそうな顔をするもんだ。それから、ここにパンがふたつとハムがひとつある。これでひもじい思いもしないだろうよ」

娘《むすめ》は、食べるものもトナカイのせなかにしっかりくりくりつけてくれた。

それから、戸をあけてブルドッグたちを城《しろ》のなかにさそいこみ、山刀《やまがたな》でベエのつなを切っていった。

「さあ、思いっきり走れ！　でも、この子のことはよーく気をつけてやるんだよ！」

ゲルダは大きなミトンをはめた手をさしのべて、山賊娘《さんぞくむすめ》に「さようなら」をいった。

ベエはたちまち走り出し、やぶや木の株《かぶ》をとび越《こ》え、大きな森をかけぬけ、沼《ぬま》地《ち》や草原を越《こ》えて、力のかぎりに走りつづけた。

「ああ、昔なじみのオーロラが見える！」

ベエはうれしそうにさけんだ。

それから、それまでよりももっと速く、夜も昼も走りつづけた。

そして、ふたつのパンとひとつのハムを食べきったころ、ふたりはついにラップランドに到着した。

Ⅵ　第六のおはなし
――ラップ人のおばさんとフィン人のおばさん

ゲルダの乗ったトナカイは、とある小さな家の前で止まった。

それは、とてもみすぼらしい家で、屋根は地面につきそうだし、戸口はたいへんせまいので、家の人が出入りするには、腹《はら》ばいにならなければいけないほどだった。

この家にいたのは、年とったラップ人の女の人だけで、魚油《ぎょゆ》ランプのわきに立って魚を焼《や》いていた。

トナカイのベエは、この人にゲルダのはなしをすっかりきかせたのだが、その前に自分の身の上ばなしをするのをわすれなかった。そっちのほうがずっとだいじだという気がしたからだ。

「まあ、それはかわいそうに！」ラップ人のおばさんはいった。

「それなら、あんたたちは、まだまだ先まで走らなければならないよ。ここから百マイル以上も先の、フィンマルケンまで行かなきゃならないからね。だって、雪の女王はいまはそこで休んでいて、長い夜のあいだずっと青い火を燃《も》やしているんだから。

タラの干物《ひもの》に、ちょこっと手紙を書いてあげよう。うちには紙がないからね。それを持って、フィン人のおばさんのところにおゆき。その人のほうがわたしよりずっとよく教えてくれるから」

ゲルダはそこで火にあたたまりながら、飲んだり食べたりさせてもらった。そのあいだにラップ人のおばさんは、タラの干物《ひもの》に手紙を書き、だいじに持っていくように、とわたしてくれた。

そして、おばさんがゲルダをまたトナカイのせなかにしっかりゆわえつけると、ベエはまたはりきって走りだした。このうえなくうつくしく青いオーロラがひと晩《ばん》じゅう、空の高いところで燃《も》えていた。

そしてふたりはフィンマルケンに着いて、フィン人のおばさんの家の煙突《えんとつ》をたたいた。それというのも、そこには戸口がなかったからだ。うちのなかはひどく暑くて、フィン人のおばさんは、ほとんどはだかのようなかっこうだった。このおばさんは、すぐにゲルダの服をゆるめ、手袋《てぶくろ》や長靴《ながぐつ》をぬがしてやった。

それから、おばさんはベエの頭にも氷をひとかたまり乗せてやり、それからタラの干物《ひもの》に書かれている手紙を読んだ。三回読んで、文句《もんく》をすっかり覚《おぼ》えてしまうと、その干物《ひもの》を鍋にほうりこんだ。

「こうすれば、ちゃんと食べられるからね」

このおばさんは、ものをそまつにしない人だったのだ。

さて、トナカイのベエは、まず自分の身の上ばなしをし、それから小さいゲルダのはなしをした。フィン人のおばさんは、かしこそうな目をぱちぱちさせながらきいていた。

さいごにベエは、すがるようにいった。

「あなたはとてもかしこい人です。どうか、この小さい娘さんが十二人力《じゅうににんりき》になって、雪の女王を負かしてしまえるような飲み物かなにかを作ってやっていただけませんか」

「十二人力《じゅうににんりき》だって？」　フィン人のおばさんはいった。

「たしかに、それだけあれば十分だろうよ」

それから、棚《たな》のところに行って、毛皮の巻物《まきもの》をひとつとりだすと、そこに書かれたふしぎな文字を読みはじめた。それから、ベエをすみっこにひっぱって行くと、その頭にまた新しい氷を乗せてやりながらささやいた。

「そのカイっていう子は、たしかに雪の女王のところにいるよ。そして、なにもかもが自分の望《のぞ》みどおりだと思っていて、こんなにいいところは世界中さがしてもほかにないと思いこんでいる。

でもね、そんなふうに思っているのも、心臓《しんぞう》にガラスのかけらがひとつささっていて、目にもガラスの粒《つぶ》がひとつ入っているからなのさ。まず、そのふたつを出してやらなきゃならない。そうでないと、その子は二度とちゃんとした人間にもどれなくて、いつまでも雪の女王のいいなりになっていなきゃならないんだよ」

「では、あなたがゲルダになにかしてやって、そういうものに打ち勝つ力をつけてやってくれませんか？」

ベエがそういうと、フィン人のおばさんは首を横にをふった。

「わたしには、ゲルダがいまもっているより大きな力をつけてやることはできないよ。あの子の力がどんなに大きいか、おまえさんには、わからないかい？ほら、人間でも動物でも、あの子になにかしてやらずにはいられないだろう？だから、あの子は、はだしのまんまでこんな世界の果《は》てまでも無事《ぶじ》にやってきているんだ。

あの子は、力なんていうものを、わたしらからもらう必要《ひつよう》はない。その力は、あの子の心のなかにちゃんとあるからね。あの子が愛《あい》にあふれていて罪《つみ》のない子だということそのものが、りっぱな力なのさ。

あの子が自分で雪の女王のところへ行って、自分の力でカイのからだからガラスをぬきだせないようだったら、わたしらがしてやれることはなにもないんだよ。

ここから二マイルばかり行ったところから雪の女王の庭がはじまるから、おまえさんはそこまであの子を連《つ》れて行ってやるといい。そこの雪のなかに、赤い実がなっている大きい茂《しげ》みがあるから、そのそばにあの子をおろすんだよ。

そして、おまえさんは、長々とおしゃべりしたりしないで、急いでここにもどっておいで」

そういうと、フィン人のおばさんは、ゲルダをベエのせなかに乗せた。するとベエはたちまち力のかぎりにかけだした。

「ああ、あたし、長靴《ながぐつ》をはいてこなかったし、手袋《てぶくろ》もしてないわ！」

ゲルダはさけんだけれど、もうひきかえすわけにはいかなかった。ベエはどんどん走って、赤い実がなっている大きな茂《しげ》みのところに着いた。

そして、ゲルダをおろすと、そのかわいい顔にキスをした。大粒《おおつぶ》の涙《なみだ》がベエのほおをしたたり落ちたが、ベエはそのまま向きを変《か》えて、また力のかぎりに走って行ってしまった。

こうして、かわいそうなゲルダは、靴《くつ》も手袋《てぶくろ》もないまま、こおりつくように寒いフィンマルケンの雪原に、たったひとりとりのこされてしまった。

ゲルダは、できるだけ速く、前へ前へと進んで行った。すると、とつぜん雪の軍勢《ぐんぜい》がやってきた。空から雪がふってきたのではない。空はすっかり晴れわたり、オーロラがかがやいている。

雪の軍隊《ぐんたい》は、地面すれすれにこちらに向かってきていたのだ。

ゲルダは前にレンズを通して雪ひらを見たことがあったが、この雪ひらたちは、それよりもはるかに大きくおそろしいものだった。

この雪ひらたちは雪の女王の兵士《へいし》たちで、前に見たようなうつくしいものではなく、みにくいハリネズミのようだったり、鎌首《かまくび》をもたげたヘビのようだったりした。

そのとき、いつもとなえていた「主《しゅ》の祈《いの》り」が、小さいゲルダの口をついて出た。すると、寒さがきびしいせいで、自分のはく息がよく見えた。

息は、ゲルダの口から煙《けむり》のようになって出ていくと、しだいに濃《こ》くなり、しまいには小さな天使のすがたになった。その天使たちは、地面にふれるたびに大きくなった。それぞれが頭にかぶとをかぶり、手には槍《やり》と盾《たて》を持っている。

その数はみるみるうちにふえ、ゲルダが「主《しゅ》の祈《いの》り」をぜんぶいいおわったころには、ゲルダのまわりはびっしりと天使の軍勢《ぐんぜい》でかこまれていた。

この天使たちが、槍《やり》をふるっておそろしい雪ひらたちに切りこんでいったものだから、雪の兵士《へいし》たちは、あっというまにちりぢりになって消えてしまった。

ゲルダはすっかり安心して、また元気よく歩きはじめた。天使たちがゲルダの手や足をなでてくれたので、もう寒さもあまり感じなくなり、ひたすら雪の女王の城《しろ》をめざして行った。

❄

ところで、カイはどうしていただろう。

もちろん、カイは小さいゲルダのことなど考えてはいなかった。ましてや、ゲルダがいま、すぐそばまで来ていることなど、夢にも思っていなかった。

Ⅶ 第七のおはなし
――雪の女王の城でのできごとと、そのあとのおはなし

雪の女王の城《しろ》の壁《かべ》は、吹《ふ》きすさぶ雪でできていて、窓《まど》や戸は身をきるような風でできていた。城《しろ》には百をこえる広間があったが、どれもみな雪のかたまりでできている。

いちばん大きい広間は何マイルもかなたまで広がっていて、どの広間もオーロラの光で照《て》らされていた。どこもかしこも、こおりつくように寒く、どの部屋もつめたい光でかがやいていた。

ここでは、楽しいことなどいちどもあったためしがなかった。舞踏会《ぶとうかい》やパーティーどころか、ちょっとしたお茶の会すら開かれたことがない。雪の女王の広間はいつもがらんとして、底冷《そこび》えがしていた。

この、かぎりなく広がる雪の広間のまんなかに、こおった湖があった。それは

何千という氷のかけらに割《わ》れていたが、そのかけらはどれもそっくり同じかたちをしていて、まるで作りもののようだった。

雪の女王は城《しろ》にいるときは、いつもこの湖のまんなかにすわっていた。そして、「これは世界一の鏡《かがみ》なのだ」といっていた。

小さなカイは、寒さのためにまっさおになっていた。いや、もはや黒ずんでいるといっていいくらいだったが、自分ではそうとは気づいていなかった。それというのも、雪の女王がカイにキスをして、寒さを感じなくしてしまっていたし、カイの心臓《しんぞう》はすでに氷のかたまりになっていたからだ。

カイは、とがったひらべったいかたちの氷のかけらを、あっちに持ってきたりこっちに引きずってきたりして、パズルのようになにかを作ろうとしていた。いつまでもおわらない、むなしい作業だったが、カイはそれをいちばんだいじな仕事のように思っていた。それも、カイの目にはいっている悪魔《あくま》のガラス粒《つぶ》のせいなのだった。

これは「知恵《ちえ》の氷あそび」と名づけられていて、いろんな形をならべるとひとつのことばになるはずだったけれど、カイが作りたいと思っていることばだけはどうしてもできなかった。

それは、雪の女王に課題《かだい》として与《あた》えられた「永遠《えいえん》」ということばだった。

雪の女王は、こんなふうにいっていた。

「もしもおまえが、そのかたちを正しくつくることができたら、おまえを自由の身にしてやろう。それに、おまえに全世界と新しいスケート靴《ぐつ》を一足贈《おく》ってあげるよ」

けれども、カイにはどうしてもそれがつくれなかったのだ。

「さて、わたしはひとっとびして、あったかい国々に行ってくるよ」

とほうにくれているカイにつめたい目をむけて、雪の女王がいった。

「あっちに出かけて、黒い鍋《なべ》をのぞいてくるからね」

女王が「黒い鍋《なべ》」といったのは、エトナとかヴェスヴィオとよばれる火山のことだった。

「ああいう鍋《なべ》を少しばかり白くしてくる。そのほうがレモンやブドウの木のためになることなのだから」

そういって、雪の女王はとんでいった。

そしてカイは、ひとりぼっちでがらんとした広間のなかにすわりこみ、氷のかけらと格闘《かくとう》しているのだった。

あまりに考えこんだので、からだのなかがミシミシと音を立ててきしむほどになり、しまいには、すっかりこわばってすわりこんでしまった。知らない人が見たらきっと、カイがこごえ死んでいると思ったことだろう。

ちょうどそのころ、ゲルダは大きな門をぬけて城《しろ》のなかに入ってきていた。そこにはすさまじくつめたい風が吹《ふ》いていたが、ゲルダが夕べの祈《いの》りをとなえると、風たちはとたんに静《しず》かになった。

そして、ゲルダがいちばん大きい広間に入って行くと……カイが見えた！

ゲルダにはすぐにわかった。

「カイ！　大好《だいす》きなカイちゃん！　やっと見つけた!!」

ゲルダはカイの首に抱《だ》きついた。

けれども、カイはなにもいわず、かたまったようにつめたくなってすわったままだった。

ゲルダは泣《な》きだして熱《あつ》い涙《なみだ》をこぼした。その涙《なみだ》はカイの胸《むね》に落ち、心臓《しんぞう》までしみこんでいった。

そして、氷のかたまりをとかし、そのなかにあった悪魔《あくま》の鏡《かがみ》のかけらを押《お》し流した。

カイはゲルダを見上げた。ゲルダはカイのために、あの讃美歌《さんびか》を歌った。

バラの花　かおる谷間に
おわします　おさなごイエス

するとカイはわっと泣《な》きだした。あまりに泣《な》いたので、涙《なみだ》といっしょにあの鏡《かがみ》の粒《つぶ》が目からころがり出た。

するとカイは目がひらけ、目の前のゲルダに気がついて、よろこびのさけび声をあげた。

「ゲルダ！　大好《だいす》きなゲルダ！　こんなに長い間どこにいたの？　それに、ぼくたちがいるのはどこなの？」

カイはそういって、あたりを見まわした。

「ここはなんて寒いんだろう。それに、がらんとしていて、なんてさびしいんだろう」

それからカイはしっかりとゲルダに抱《だ》きつき、ゲルダはうれしさのあまり泣《な》いたりわらったりした。そのようすがあまりにしあわせそうだったので、氷のかけらたちまでが楽しくなって踊《おど》りまわった。

やがてみんながくたびれてすわりこんだと思ったら、なんと、氷たちはあのことばの文字どおりにならんでいた。そう、それさえできたらカイを自由にしてやり、全世界と新しいスケート靴《くつ》を一足あげると雪の女王が約束《やくそく》したあのことば――「永遠《えいえん》」――を作っていたのだ。

ゲルダはカイのほおにキスをした。すると、青黒かったカイのほおはたちまちバラ色になった。それからゲルダはカイの目にもキスをした。

すると、カイのひとみはゲルダのひとみと同じように、いきいきとかがやいた。

これで、いつ雪の女王が帰ってきたとしても、カイはもうだいじょうぶ。なんといっても、氷のかけらがきちんと組み合わさって、自由の保証書《ほしょうしょ》になってく

れているのだから。

そこでふたりは手を取り合って、このつめたい大きな城《しろ》から出て行った。

ふたりは下の家のおばあさんのことや、屋根の上のバラのことをはなした。

ふたりが歩いて行くところでは風がやみ、おひさまが顔を出した。

やがてふたりが赤い実のなっている茂《しげ》みのところまで来ると、そこにはトナカイのベエが待っていた。ベエはもう一頭、若《わか》いトナカイを連《つ》れてきていた。そのトナカイは乳房《ちぶさ》がこんもりとふくらんでいて、カイとゲルダにあたたかい乳《ちち》をたくさん飲ませてくれた。

それから二頭はふたりの子どもを乗せて、まずフィン人のおばさんのところに連《つ》れて行った。フィン人のおばさんは、あたたかい、いや、暑いあの部屋で、ふたりをしっかりあたため、帰る道を教えてくれた。

それから、ラップ人のおばさんのところに行くと、おばさんはもうふたりのための新しい服をぬいあげてくれていて、そりもちゃんと用意してくれていた。

ベエと若《わか》いトナカイは、そりの横をとびはねながら国ざかいのところまで送ってくれた。そこまで来ると、緑がうっすらと地面にあらわれはじめていた。ふたりはそりをおり、トナカイたちに「さようなら」といって、おわかれをした。

それからふたりがどんどん歩いて行くと、最初《さいしょ》の小鳥がさえずりはじめ、森には緑の芽《め》が萌《も》えはじめた。

すると、森のなかから、見おぼえのある馬にまたがって、若《わか》い娘《むすめ》があらわれた。馬は、王子と王女にもらった金の馬車をひいていたあの馬で、若《わか》い娘《むすめ》はゲルダを助けてくれた山賊《さんぞく》の娘《むすめ》だった。

山賊娘《さんぞくむすめ》は真っ赤なぼうしをかぶり、ピストルを二丁腰《こし》にさげていた。山賊娘《さんぞくむすめ》とゲルダは、すぐにおたがいのことがわかり、ふたりともおおよろこびだった。

「ずっとうちにいるのにあきあきしたから、北のほうに行ってみようと思ってるんだよ」山賊娘《さんぞくむすめ》はゲルダにいった。

「そこが気に入らなければ、また別《べつ》のところに行けばいいしね」

それから、カイに向かっていった。

「あんたも、あっちこっちうろうろするとはけっこうなご身分だね。あんたのためにこの子は世界の果《は》てまで旅したんだけど、いったい、そんなねうちのあるものなのかね」

ゲルダはわらいながら山賊娘《さんぞくむすめ》のほおを軽くたたき、王子と王女のことをきいた。

「あのふたりは、外国旅行に出かけたよ」娘《むすめ》はいった。

「じゃあ、カラスたちは？」

「ああ、結婚《けっこん》したあと、あの森のカラスは死んだ」山賊娘《さんぞくむすめ》は答えた。

「おしとやかな女房のほうは、喪章《もしょう》のかわりに黒い毛糸のきれっぱしを足につけて歩いてるよ。そりゃあもう、たいへんな悲しみようでね。でもまあ、どうでもいいや。

それより、あんたはあのあとどうしたの？　どうやってカイを見つけたの？　はなしておくれよ」

そこでゲルダとカイは、ふたりともいままでのことをぜんぶ娘《むすめ》にはなしてきかせた。

「なるほどね！　まあ、よかったじゃないか」

それから山賊娘《さんぞくむすめ》はふたりの手をとって、

「あんたたちの町の近くを通りかかったら、きっと会いに行くよ」

と約束《やくそく》した。そして、馬をとばして広い世のなかに出て行った。

カイとゲルダは、また手に手をとって歩きはじめた。ふたりの行く先々で花が咲《さ》き、緑がいぶき、うつくしい春になった。

やがて教会の鐘《かね》が鳴りひびき、ふたりが見なれた高い塔《とう》が見えてきた。

なつかしい町にもどってきたのだ。

そこでふたりは、町に入り、おばあさんの家の戸口に行き、階段《かいだん》をのぼって、それぞれの家に帰った。そこではなにもかもがもとどおりの場所にあって、時計は「チク・タク」と規則《きそく》正しく音をたて、時計の針もまわっていた。

けれど、戸口を通るとき、ふたりは自分たちがいつのまにかおとなになっていることに気がついた。

屋根の上の雨どいにかかった箱にはバラがみごとに咲《さ》いて、部屋の窓《まど》から花がのぞいていた。そして、ふたつの箱の横には、いままでどおりにふたつの小さな子ども椅子《いす》がならんでいた。

カイとゲルダは、それぞれの窓《まど》から出て、それぞれの椅子《いす》に腰《こし》をかけ、たがいの手をにぎりあった。

その瞬間《しゅんかん》、ふたりはもう、雪の女王の城《しろ》の、あの寒々しい広間のことを、まるで悪い夢《ゆめ》かなにかのように、すっかりわすれてしまっていた。

❄

下の家のおばあさんは、神さまの明るい日の光をあびながら、声高く聖書《せいしょ》を読んでいた。

「だれでも、おさなごのようでなければ、けっして神の国にはいることはできない」

カイとゲルダは、たがいに目を見つめあった。

そのとき、ふたりは、ふと、あの讃美歌《さんびか》のほんとうの意味がわかった気がした。

バラの花　かおる谷間に

おわします　おさなご　イエス

こうして、おとなになったけれど、心はおさなごのふたりは、静《しず》かにそこにすわっていた。

いつしか季節《きせつ》は夏になっていた。あたたかい、恵《めぐ》みあふれる夏だった。

賢《けん》者《じゃ》の贈《おく》りもの

O・ヘンリー 原作

一ドル八七セント。デラは三回数えなおした。

しかも、そのうちの六〇セントは一セント銅貨《どうか》六十枚《まい》。近所で肉だの野菜《やさい》だのを買うときに、少しずつ値切《ねぎ》って、はずかしい思いをしながらためた小銭《こぜに》。それがデラの全財産《ざいさん》なのだ。明日はクリスマスだというのに。

あとは、古い小さなソファに身を投げて泣《な》くしかなかった。

大泣《な》きに泣《な》いて、少し落ちついてくると、デラはあらためて自分のすまいを見わたした。週八ドルで借《か》りている家具つきアパート。どうひいき目に見ても「みすぼらしい」よりましな言い方はできない。

下の玄関《げんかん》には、手紙など届《とど》いたことのないポストと、どんなに押《お》しても鳴りそうもないベルがあり、その横に「ジェームズ・ディリンガム・ヤング」と書かれた名刺《めいし》が貼《は》り付《つ》けてある。

その「ディリンガム」の名刺《めいし》も、その名の主が週三〇ドルもかせいでいたときはしっかり貼《は》りついていて、風が吹《ふ》いてもびくともしなかったのだが、週給《しゅうきゅう》が二〇ドルに減《へ》ったいまでは、なんだか字もぼやけて、この際《さい》「D」一文字でいいんじゃないかと考えているようにさえ見えた。

とはいえ、若《わか》き「ジェームズ・ディリンガム・ヤング」君が仕事から帰って二階の自分の部屋にたどりつくと、かわいい奥《おく》さんのデラが「ジム！」といいながらとびだしてきて、ぎゅっと抱《だ》きついてくれる。

この若夫婦《わかふうふ》は、こんなふうに、貧《まず》しいながらも、なかよくしあわせに暮《く》らしていた。

さて、さんざん泣《な》いたあと、デラはパフで少し顔をたたき、それから、窓辺《まどべ》に立って、灰色《はいいろ》の裏庭《うらにわ》の灰色《はいいろ》の塀《へい》の上を灰色《はいいろ》の猫《ねこ》が歩いていくのを、ぼんやりとながめた。

明日はクリスマス。

なのに、手持ちのお金は一ドル八七セントしかない。爪《つめ》に火をともすようにしてためたお金がたったこれだけ。

週二〇ドルでは、どうしたって、予算よりも支出《ししゅつ》が上回ってしまう。愛《あい》するジムに、なにかすてきなプレゼントを、と夢《ゆめ》見てすごしてきたのに。

なにかすばらしいもの、めったに手にはいらないようなもの——「わたしのジム」にふさわしいものを考えるのはたのしい時間だった。でも、現実《げんじつ》は一ドル八七セント。ここ数か月、一セントのむだも惜《お》しんでためた結果《けっか》がこれなのだ。

部屋の窓《まど》と窓《まど》のあいだの壁《かべ》には、細長い鏡《かがみ》がかけてあった。週八ドルの安アパートによくあるような、あの鏡《かがみ》だ。

やせて身軽な人なら、どうにかこうにか、そこに映《うつ》った自分のすがたを見て、全身像《ぞう》を思いうかべることができる。ほっそりした体型《たいけい》のデラも、なんとかそのわざを身につけていた。

デラは、ふと身をひるがえして窓《まど》からはなれ、その鏡《かがみ》の前に立ってみた。目はいきいきしているけれど、顔色には血の気がなかった。

デラは、まとめていた髪《かみ》をほどき、落ちるにまかせてみた。

ところで、このディリンガム・ヤング夫妻《ふさい》には、誇《ほこ》りにしているものがふたつあった。ひとつはジムの金時計。祖父《そふ》の代から伝《つた》わっているもので、ソロモン王〔旧約聖書に登場する古代イスラエルの王〕にもじまんできそうなほどりっぱな時計。

そして、もうひとつがデラの豊《ゆた》かな髪《かみ》。かのシバの女王〔旧約聖書に登場し、ソロモン王に会いに来る女王〕でさえもかなわぬほどのうつくしい髪《かみ》だった。

その髪《かみ》が、いま、波うちながら、栗色《くりいろ》の滝《たき》のようになってデラのひざ下まで流れている。デラはそれを見とどけると、ふたたびまたその髪《かみ》をまとめあげた。

そのあと、しばらくなにかをこわがっているように身をすくめて立ちつくし、すりきれた赤いじゅうたんの上には、ぽたぽたと涙《なみだ》のしずくがこぼれ落ちた。

デラは古ぼけた茶色の上着をはおり、同じくらい古ぼけた茶色のぼうしをかぶった。それからスカートをぱっとひるがえし、うるんだひとみのままドアをあけて階段《かいだん》をおり、街《まち》へと出て行った。

デラが向かった先は、かつらを取り扱《あつか》うマダム・ソフロニィの店だった。

デラは息せき切って店にはいると、大柄《おおがら》で、色白で、つめたい感じの店主に
「髪《かみ》を買っていただけますか？」

とたずねた。

「ええ、買いますとも」

店主のマダムはそういって、ぼうしを取るようにうながした。

デラの栗色《くりいろ》の髪《かみ》が、ふたたび滝《たき》のように流れ落ちた。

「二〇ドルね」

マダムは、慣《な》れた手つきでその髪《かみ》を持ち上げながらいった。

「そのお金って、すぐにいただけるんですか？」

デラは期待に満《み》ちた顔でたずねた。

マダム・ソフロニィの店を出てからの二時間ほどしあわせな時間はなかった。デラは、うきうきしながら通りの店を見てまわった。

そして、ついにジムへのプレゼントを見つけた。これ以上《いじょう》ないといっていいくらい、ふさわしいものを。

それは、シンプルで上品なデザインの、プラチナの時計鎖《ぐさり》だった。デラはまさにひとめぼれだった。ほんものの高級品とはこうあるべきだ、といったようなものので、これこそが控《ひか》えめで誠実《せいじつ》なジムにぴったりだと思えた。

値段《ねだん》はちょうど二一ドル。デラは、鎖《くさり》とのこりの八七セントをかかえ、とぶようにして家に帰った。

この鎖《くさり》をつければ、ジムの時計は申し分ないものになる。とてもりっぱな時計であるにもかかわらず、鎖《くさり》がなくて古い革《かわ》ひもで結《むす》んでいるものだから、ジムははずかしくて、こっそり時間をたしかめたりしていたのだ。

これからは、人前でどうどうと時計を見ることができる。ジムはどんなに誇《ほこ》らしく思うことだろう。

家に着くと、デラはこてをあたため、あちこちにはねている短い髪《かみ》のセットに取りかかった。なにをするにしても、後始末《あとしまつ》というものは必要《ひつよう》なのだ。

四十分かかって、ようやく毛先が落ちつき、デラの頭はこまかいカールでうめつくされた。鏡《かがみ》をのぞいてみると、うつくしい人妻《ひとづま》からはほどとおく、まるで学校嫌《ぎら》いのふてくされた男の子のような顔になっている。

「こんな頭になったからって、まさかきらわれたりはしないだろうけど……」

デラはためいきをついた。

「場末《ばすえ》のコーラスガールみたいだ、くらいはいわれちゃうかもね。でも、しかたないわ。一ドル八七セントじゃ、どうしようもなかったんだもの」

そうひとりごとをいいながら、七時までにコーヒーをいれ、ストーブのうえにフライパンを乗せ、肉料理《りょうり》の用意をととのえた。

ジムは、帰りが遅《おく》れることはない。

デラはプレゼントの鎖《くさり》をにぎりしめ、ドアの近くのテーブルの前にこしかけた。


やがて、階段《かいだん》をのぼってくる足音がきこえた。デラは緊張《きんちょう》のあまり、さっと顔が青ざめるのを感じた。ふだんから、ほんのささいなことについても、口のなかでお祈《いの》りをとなえるくせがあったが、このときはまさしく声に出して祈《いの》った。

「ああ、神さま、あのひとにいまでもわたしがうつくしいと思わせてください！」

ドアがあき、ジムがはいってきて、後ろ手にドアをしめた。ひどく思いつめた顔をしている。なにしろ二十二歳《さい》で、すでに妻《つま》をやしなっているのだ。ほんとうは、上着も買いかえたいし、手袋《てぶくろ》も欲《ほ》しいだろうに。

部屋にはいるなり、ジムはぴたりと動きを止めた。まるで、えもののうずらを見つけたときの猟犬《りょうけん》のように。目はデラからはなさないものの、なにやら複雑《ふくざつ》な表情《ひょうじょう》を浮《う》かべている。怒《いか》りでも、驚《おどろ》きでも、不満《ふまん》でも、恐怖《きょうふ》でもない。

予想していたどんな感情《かんじょう》もそこには見えず、デラはとまどうばかりだった。

ジムは、ただただ、穴《あな》のあくほどデラを見つめている。

デラは立ち上がり、よろめくようにしてジムのほうに歩み寄《よ》った。

「ねえ、そんな顔で見ないで」

デラはさけぶようにいった。

「あたし、髪《かみ》を切って売ったの。だって、クリスマスなんだもの。あなたにプレゼントを買いたかったのよ。髪《かみ》なんて、すぐに伸《の》びるし……。だから、気にしないで。メリー・クリスマス、っていってよ。ねえ、今夜はたのしみましょう。あたし、とってもすてきなプレゼントを買ったのよ。なんだと思う？　ああ、わかりっこないわね。とってもすてきなものなんだけど……」

「髪《かみ》を……切っちゃったのか」

ジムは、やっとの思いで、というようにいった。一目瞭然《いちもくりょうぜん》の、この明らかな事実が理解《りかい》できないかのように。

「ええ。切って、売ったのよ」

デラは、不安《ふあん》そうにいった。

「もう愛《あい》してくれない、っていうわけじゃないわよね？　髪《かみ》がなくても、あたしはあたしよ。そうでしょう？」

ジムは、あたりをふしぎそうに見まわした。

「髪《かみ》は、もう、ないんだね」

ジムは、まるで、ふぬけたようになっていた。

「さがしても、この部屋にはないわ。売ったんだもの。わかる？　売っちゃって、もう、ここにはないの。

それより、今夜はクリスマス・イブよ。さあ、やさしくしてちょうだい。あなたのために手放したんだもの。あれだけあったあたしの髪《かみ》、いったい何本あったかは神さまだけがごぞんじよ」

そういったとたん、デラはなんだか胸《むね》がいっぱいになった。

「でも、あなたへの愛《あい》はだれにもはかることなんてできないわ。さあ、お肉をあっためるわね、ジム」

ジムは、きゅうにわれにかえったようになって、デラを抱《だ》きしめた。


ここで十秒ばかりこのふたりから目をそらし、考えていただきたいことがある。たいしたことではないけれど、じっくり考えていただきたいことが。

週八ドルと年一〇〇万ドルのちがいはなにか。

数学者やら天才やらにきいてみたところで、正しい解答《かいとう》は得《え》られないだろう。

かの東方《とうほう》の賢者《けんじゃ》たち〔新約聖書に登場する東方の三人の博士のこと〕は、価値《かち》ある贈《おく》りものをたずさえてきたが、そのなかにもこたえはない。いっていることがわからないかもしれないが、このことの意味はのちほど明らかになることだろう。

さて、ジムは、上着のポケットから小さな包《つつ》みを取り出し、テーブルの上に投げ出した。

「かんちがいしないでくれよ、デラ。髪《かみ》を切ろうが剃《そ》ろうが洗《あら》おうが、そんなことでぼくが奥《おく》さんを愛《あい》したり、愛《あい》さなかったりすると思うのかい？　でも、その包《つつ》みを開いてみてくれれば、ぼくがさっきあんな顔をしてしまったわけがわかると思うよ」

デラは、急いでその白い指で包《つつ》みを開けた。そして、思わずよろこびの声をあげたかと思うと、つぎの瞬間《しゅんかん》には子どものように大声で泣きじゃくりはじめた。

ジムは、大あわてでこのかわいい奥《おく》さんをなんとかなだめようと、ありとあらゆる手をつくさなければならなかった。

それというのも、包《つつ》みの中身はとびきりうつくしい、ひとそろいのべっこうの櫛《くし》だったからだ。

デラがずっと前からあこがれていた、ブロードウェイのショーウィンドウを飾《かざ》っていた櫛《くし》。横髪《よこがみ》用とうしろまげ用のセットで、ふちに宝石《ほうせき》がちりばめてある。

それはまさに、消えたあの髪《かみ》にぴったりの色合いだった。

とびきり高価《こうか》なものだったから、デラはまさかそれが自分のものになるとは夢《ゆめ》にも思っていなかった。

ところがそれがいまここにある。なのに、その櫛《くし》をさすべき髪《かみ》はもうないのだ。

でも、デラはしっかりとその贈《おく》りものを抱《だ》きしめ、泣《な》きぬれた顔のまま目をあげてほほえんだ。

「あたしの髪《かみ》、ほんとにはやく伸《の》びるのよ、ジム」

それからデラは、毛をこがした猫《ねこ》のようにとびあがると、

「そうだわ！」

とさけび、自分からの贈《おく》りもの、時計の鎖《くさり》をジムの目の前にさしだした。

プラチナのひかえめな光沢《こうたく》は、デラの熱《あつ》い心を映《うつ》し出すように、一瞬《いっしゅん》ぱっときらめいたようだった。

「ねえ、すてきでしょ？　町じゅうをさがしあるいてようやく見つけたの。これからは一日百回も時計を見たくなるわよ。さあ、あなたの金時計を出して。この鎖《くさり》をつけたところをはやく見たいの」

ところがジムは、それにこたえるかわりに、ソファのところに行くと、手を頭のうしろにまわしてしずみこむようにすわった。

「デラ」

ジムはほほえんでいった。

「ぼくたちのクリスマスの贈《おく》りものは、しばらくしまっておくとしよう。いますぐ使うには上等すぎるからね。

その櫛《くし》を買うお金をつくるために、あの時計は売っちゃったんだ。さあ、肉料理《りょうり》をあっためてくれないか」

ごぞんじのとおり、東方《とうほう》の賢者《けんじゃ》たちは、かしこい——とてもかしこい——人たちだった。かいば桶《おけ》のなかのおさなごイエスのために贈《おく》りものを持ってきたのだから。この賢者《けんじゃ》たちのしたことが、クリスマスのプレゼントのはじまりだったのだ。

かしこい人たちだったから、その贈《おく》りものもとてもかしこいものだった。それにひきかえ、この安アパートに住む若《わか》い夫婦《ふうふ》はなんとおろかなことだろう。このふたりは、自分たちの持っているいちばん価値《かち》あるものを、いちばんかしこくないやり方で犠牲《ぎせい》にしてしまったのだから。

そう、わたしはたんに幼稚《ようち》な夫婦《ふうふ》のつまらないはなしをしてしまっただけなの

かもしれない。

けれども、さいごにひとこと、現代《げんだい》のかしこい方々にいわせてもらいたい。贈《おく》りものをあげたりもらったりする人々のなかで、このふたりこそがいちばん賢明《けんめい》だったのだと。

いつの時代の、どこにいようとも、このような人こそが「賢者《けんじゃ》」なのだと。

このふたりこそが、真の意味での「東方《とうほう》の賢者《けんじゃ》」だったのだ、と。

原作者について

『**星の銀貨**』の原作者、ドイツの言語学者ヤーコプ・グリム（一七八五～一八六三年）とヴィルヘルム・グリム（一七八六～一八五九年）兄弟は、伝承民話の蒐集《しゅうしゅう》および研究によって世界的に有名になりました。けれども、彼らの弟のルートヴィヒ・グリム（一七九〇～一八六三年）が出版の際に挿絵を手がけていたことは、一般にはあまり知られていません。

『**フランダースの犬**』の原作者である、フランス人の父とイギリス人の母をもつ女性作家ウィーダ（一八三九～一九〇八年）は、本名をマリー・ルイーズ・ド・ラ・ラメーと言います。幼いころ、自分の名まえの「ルイーズ」がうまく発音できず、「ウィーダ」と言っているように聞こえたのがペンネームの由来だそうです。

ウィーダは動物愛護協会を設立するほど大の犬好きでした。作家として売れっ子だった時代は裕福な暮らしをしていましたが、晩年は、たくさんの犬を飼いすぎたために生活に困窮したと言われています。

『**バーティのクリスマスボックス**』の原作者であり、『若草物語』（*Little Women*）で有名なルイザ・メイ・オルコット（一八三二〜一八八八年）は、アメリカのペンシルバニアで生まれました。小説の主人公ジョーと同じく、四姉妹の次女で、作家になって一家の生活を支えました。*Little Women* を執筆したボストン・コンコードのオーチャードハウスは今も記念館として残されていて、多くの日本人が訪れています。

『**雪の女王**』の原作者、デンマークの代表的な詩人・作家であるハンス・クリスチャン・アンデルセン（一八〇五〜一八七五年）は、極貧の家に生まれ、作家としてみとめられるまで生活苦の少年期、青年期を過ごしました。恋多き人物でしたが、いちども恋が実ったことはなく、生涯独身でした。けれども、その満たされない思いと屈折した精神が多くの傑作を生んだのだと言われています。

『**賢者の贈りもの**』の原作者、アメリカの作家O・ヘンリー（一八六二〜一九一〇年）は本名をウィリアム・シドニー・ポーターといいます。公金横領の罪に問われ、獄中で多くの短編小説を書きましたが、実際に罪を犯したのかどうかは謎に包まれています。ペンネームのO・ヘンリーの由来もまた謎ですが、一説によると、ヘンリーという名の猫に、いつも「Oh, Henry!」と呼びかけていたからなのだそうです。

小松原宏子（こまつばら・ひろこ）

児童文学作家・翻訳家。

東京生まれ。青山学院大学文学部英米文学科卒。

多摩大学講師、大妻中学高等学校講師。自宅で家庭文庫「ロールパン文庫」を主宰。第13回小川未明文学賞優秀賞受賞。日本基督教団武蔵野教会会員。

著書として、『いい夢ひとつおあずかり』（くもん出版）、『ホテルやまのなか小学校』（PHP研究所）、『クリスマス児童劇セレクション』『親子で楽しむベッドタイム・ストーリー』『名作クリスマス童話集』（以上、いのちのことば社）などがある。

翻訳として、『スヌーピーといつもいっしょに』（学研プラス）、『ひかりではっけん　！　シリーズ』（くもん出版）、『不思議の国のアリス＆鏡の国のアリス』（静山社）などがある。

名作 クリスマス童話集
かけがえのない贈りもの　～ Gift ～

2024年12月1日発行

文　小松原宏子
絵　矢島あづさ
ブックデザイン　長尾契子（Londel）
印刷・製本　モリモト印刷株式会社
発行　いのちのことば社 フォレストブックス
〒164-0001　東京都中野区中野２－１－５
編集　Tel. 03-5341-6924　Fax. 03-5341-6932
営業　Tel. 03-5341-6920　Fax. 03-5341-6921
e-mail:support@wlpm.or.jp
http://www.wlpm.or.jp
乱丁落丁はお取り替えします。

Printed in Japan © Hiroko Komatsubara 2024

ISBN978-4-264-04522-9